畏秋楼诗稿

WEIQIULOU SHIGAO

（清）王棽林 著

尹建超/编 向悦/注

人民东方出版传媒
東方出版社

▸▸王琴林出生地——河南省禹州市方岗乡栗子沟村　　（耿亚伟 摄）

▸▸花海簇拥的王琴林故居　　（尹建超 摄）

▸▸何陋居——王琴林老宅，位于栗子沟村（尹津航　摄）

▸▸何陋居匾文：主人介居山谷，或曰陋然。每岁之春，杂花生树，群莺乱飞；自夏徂秋，更益蓊蔚，一色浓绿，染人须眉；届冬农隙，田家兴猎，奇峰妆雪，怪石酿云。四时之景，日涉成趣，以此思居，有何陋乎？此中人语云：不足为外人道也。

▸▸书屋匾额——曹广桢　题（尹建超　摄）

▸▸小琅嬛——何陋居院内石室书屋

▸▸王氏故居（许昌市级文物保护单位）（尹建超 摄）

▸▸王氏故居内景（尹津航 摄）

▸畏秋楼——曹广桢为之题匾的王棽林在禹州市区的寓所　（郭水林 摄）

▸小亦畅轩——曹广桢 题

▸小五柳读书堂——曹广桢 题

（郭水林、尹津航 摄）

善樾留荫（木匾）（尹建超 摄）

一世佛心（木匾）（尹建超 摄）

瓢海——王棽林始筑供全村人畜用水的池塘（皇甫胜利 摄）

瓢海旁的石丘（刘艺 摄）

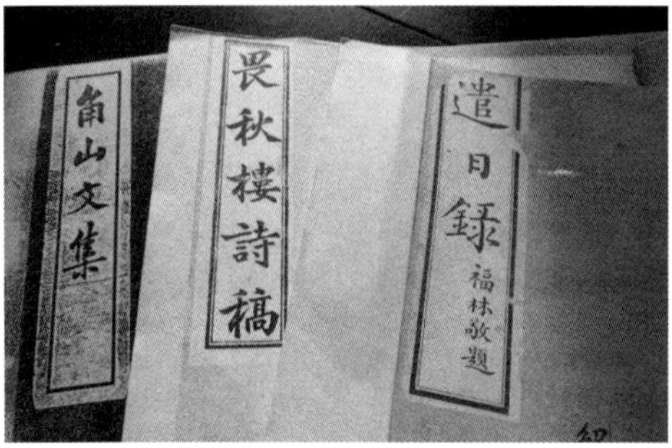

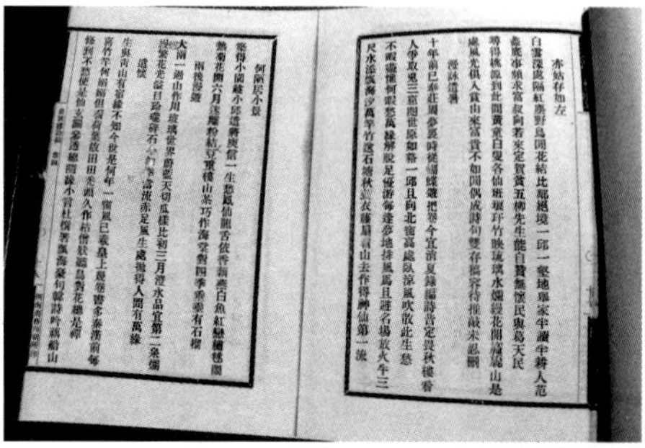

王琴林作品书影（尹津航 摄）

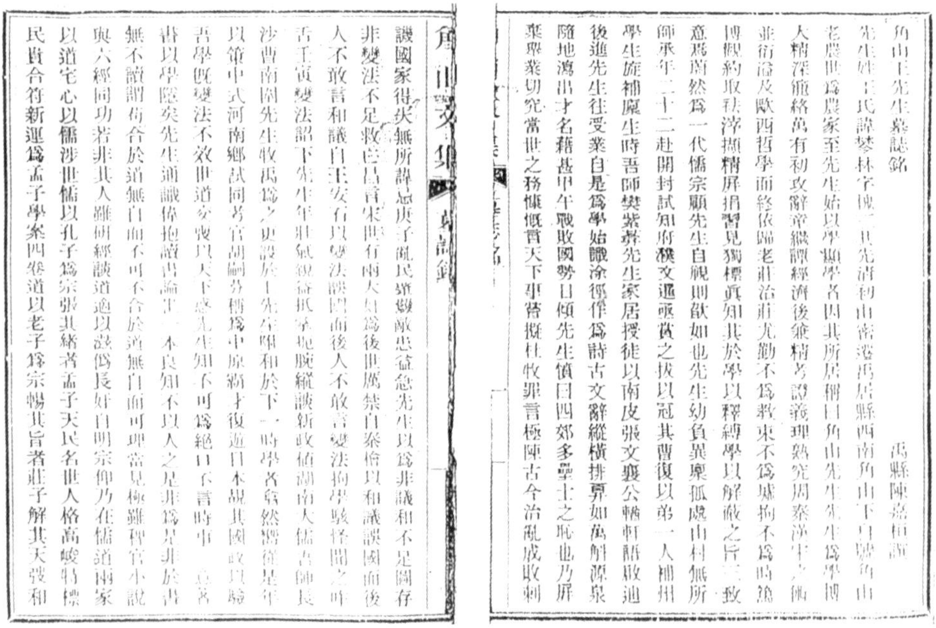
角山王先生墓誌銘
禹縣陳嘉桓譔
先生姓王氏諱琴林字俠一其先清初由密遷禹居縣西南角山下因號角山老農世爲農家至先生始以學顯學者因其所居稱曰角山先生先生爲學博大精深飯絡萬有初攻辭章繼譚經濟後兼精考證義理熟究周秦[illegible]之微並循治及歐西哲學而終依歸老莊治莊尤勤不爲教束不爲墟拘不爲時[illegible]博觀約取拔淬擷精屏捐習見獨標真知其於學以釋縛學以解蔽之旨[illegible]致意焉嶄然爲一代儒宗顧先生自視則歉如也先生幼負異稟孤處山村無所師承年二十二赴開封試知府樸文通亟賞之拔以冠其曹復以弟一人補州學生旋補廩生時吾師樊紫齋先生家居授徒以南皮張文襄公輶軒語啟迪後進先生往受業自是爲學始識途徑作爲詩古文辭縱橫排奡如萬斛源泉隨地湧出才名藉甚甲午戰敗國勢日傾先生憤曰四郊多壘士之恥也乃屏棄舉業切究當世之務慷慨言天下事皆擬杜牧罪言極陳古今治亂成敗利鈍國家得失無所諱忌庚子亂民[illegible][illegible]敵患益急先生以爲非議和不足圖存非變法不足救亡昌言宋世有兩大[illegible]爲後世厲禁自秦檜以和議誤國而後人不敢言和議自王安石以變法誤國而後人不敢言變法拘學駭怪聞之咋舌壬寅變法詔下先生年壯氣銳益抵掌扼腕縱談新政值湖南大儒[illegible]師長沙曹南陔先生牧禹爲之更設於[illegible]先生唱和於下一時學者翕然嚮往是年以策中式河南鄉試同考官胡嗣芬稱爲中原獨才復遊日本觀其國政以驗吾學既變法不效世道交喪凡天下之患先生知不可爲絕口不言時事 意者謂以學隱矣先生通識偉抱讀書論[illegible] 本良知不以人之是非爲是非於書無不讀謂苟合於道無白而不可不合於道無白而可理當見極雖稗官小說與六經同功若非其人雖研經讀道適以滋僞長奸自明宗仰乃在儒道兩家以道宅心以儒涉世儒以孔子爲宗張其緒者孟子天民名世人格高峻特標民貴合符新運爲孟子學案四卷道以老子爲宗暢其旨者莊子解其天弢和

王琴林墓志铭（节选）

序

诗有传承待后人

叶延滨

中国诗歌网主编周占林先生，让我为《畏秋楼诗稿》写序。这是一本奇书，诗集的主人是河南禹州人氏，角山先生王棽林，生于同治八年，卒于民国二十五年。其人在经学、史学、文字学、训诂学诸方面均有著述，多达二百余卷，被誉为“中原霸才”，载入《河南通史》。据说此人与章太炎先生生卒同年，也是一位学富五车的大师，然而岁月风云起伏，时世变迁难料，今天少有人知道角山先生，其诗文更在各种文学史和文学讲义之外。一代风流，如若无人整理编辑出版其著述，势必湮没于时光的波涛之下。

让我感动的是当今禹州人尹建超先生热心整理重

印角山先生的《畏秋楼诗稿》，并决定将其出版。我认为这实在是一件值得肯定的好事，也是为河南禹州的文化建设，为丰富中国诗歌传统宝库，做了一件有益的事情。所谓文化传承，就是后人不要忘记前辈为我们留下的文化遗产，并将其整理出版传之后人。这是一件薪火相传的善事，我们善待前人，也为我们的后代做一个榜样。

《畏秋楼诗稿》收有角山先生的诗作五百首，其丰富性，除了向我们展示一个国学大师的文学才华之外，也为我们记录了晚清至民国初年间，中国文人复杂而困惑的精神世界。少年王棽林，拜葛时芳为师，受正统儒学教育。为实现人生抱负，也想走一条科举入仕之路，饱读四书和八股文等应试资料。二十二岁那年应开封府试，得以第一名中。除了读书为报国，也曾赴日游学，还投身过实业，最后隐于乡里。面对清末旧王朝腐败、列强瓜分疆土和军阀混战的国势，山河破碎、风雨飘摇都成为诗人笔下的一篇篇血泪之作。诗篇中流露的各种对时局和人生的看法，为我们提供了一个大变革时代的真实记录。

读《畏秋楼诗稿》更感重要的是，从角山先生的创作，能感受到中国诗歌强大的传统精神有两个支柱：诗言志，诗缘情。言志与抒情这两个重要的功能，在角山丰富的创作中，让我们感受到，他的创作不是为文学而文学，而是诗歌成为他人生重要的伴侣和精神支柱，诗歌展示了他的抱负、追求、喜好、亲情、爱憎、襟怀，在创作中，表达了诗人的所思所想，也完成了诗人的自我！我们今天有的诗人，只是把诗歌当成一种文学表达，甚至只是文字技巧，内容轻漫空洞，无论在旧体诗创作还是新诗创作中都是通病。在角山先生笔下，诗歌几乎涉及了他全部的精神生活：抒发志向，感时抒怀，针砭时弊、击浊扬清、咏史怀古、怀亲交友、咏物谈艺、吟山唱水、田园风情、明志达意……总之，凡诗人精神所致，也是诗的天地，既有“亡羊竟无补牢计，放豚又为入笠筝”这样的感时愤笔，又有“每喜竹竿何袅袅，但看荷叶故田田”的闲适悠然；既有“莫言衣锦归怀楚，何以魂犹乐沛中”的怀古幽思，又有“泥絮岑苔不是萍，蛩然喜得足音听”为友人来访的欣喜欢悦。从这些作品中，我们可以触摸到诗人的脉搏，也能感受到诗人的音容笑貌。研读角山先生的诗歌，对喜爱诗歌创作的朋友，一定会提供许多有益的启示。

我不是一个古典诗歌的研究者，也不是一个历史学家和方志研究者，我想这本诗集也会为他们提供一些有用的研究资料。角山先生虽是禹州的名士，但他的诗稿会让全国更多的爱好诗歌特别是旧体诗创作的诗人多一个朋友。角山先生逝世不过百年，百年中国的巨变，也会让我们有机会从他的诗篇来对照社会的发展。还是那句话，取精撷英，才是对待历史文化和文化遗产的正确方法，也是我们赏读角山作品时应有的态度。

是为序。

2013年3月于北京

（叶延滨：著名诗人、作家。原《诗刊》主编，中国作家协会全国委员会委员。曾获中国作家协会优秀中青年诗人诗歌奖（1979—1980）、第三届中国新诗集奖(1985—1986)以及十月文学奖、四川文学奖、北京文学奖、郭沫若文学奖等四十余种全国及省以上的文学艺术奖。）

一代儒宗王琴林

“嵩岳巍巍，磅砣而东；角山耸峙，秀出云峰。”在河南省禹州市角山、禹山间，有一个“四塞为固，隔绝尘嚣，野花争锦，山鸟弄笙，白云绿树，樵讴牧唱，夏潦秋霖，溅珠戛玉”的美丽山村——栗子沟。已亥年（1869），这里诞生了一位名蜚中原的学者兼诗人，即王琴林。

王琴林，字槐三，号角山居士，清末壬寅（1902）科举人。考官胡嗣芬曾称其“中原霸才”。先生“为学博大精深，笼络万有，初攻辞章，继谈经济，后兼精考证义理，熟究周秦汉宋之术，并衍溢及欧西哲学……蔚然为一代儒宗”（清·陈嘉桓）。

王家祖贫，幼聪敏好学，仰慕崇尚范仲淹忧乐观，先期热衷并投身于变法维新等运动，“为救世立于风气之先”，倡言中国“不议和不足救亡、不变法无以图存”。1901年进士曹广权（字东寅）任禹州知州，盛赞其“奇才”。并选派他同拔贡陈嘉桓等游学日本，考察维新强国之道。先生曾上书曹公，倡导在张良洞附近兴办“颍滨经舍”，占地数十亩，校舍数百间，相继培育数以百计的新型师资人才，开辟了地方教育史的新时代。还曾应进士吉林省提学曹广桢（梅昉）之邀，赴吉林提学司幕帮助吉林省实行教育改革。

甲午、庚子、辛丑之后，列强瓜分，士为之辱，先生扼腕推掌，奔走呼号。王氏在曹公鼎力推助下，奋起抵御外侮侵禹，同曹公创办三峰矿务公司（新峰矿务局前身），历千辛万苦，致力开发原煤生产，发展地方民族工业，开河南省采矿业之先河，并载入河南史册（见《河南通史》）。

清末民初，军阀混战，匪寇猖獗，国破世乱，民不聊生。他偕陈嘉桓等辈赴省上书乞师治团，并请购枪械，清剿匪患，御寇安民，亲作《兵略举隅十三篇》授诸乡团，以教民战，知者目为奇书。中原大地赤野千里，酷旱灾荒之年，他亲上书大总统袁世凯，陈情请赈；亲书《赈灾告示》，济民救灾，共渡危难。

先生一生天怀淡泊，不慕荣利。随着国势日益颓败，他自知救世不成，无力回天，知不可为而不言天下事，遂“厌世遁于风气之外”。他后半世多为避寇或居于城内，或隐于山中，居所称“何陋居”，筑于角子山中栗子沟村，时人曾送匾曰“文达先生之庐”。禹县知事朱笠峰力荐其供职安徽督军倪嗣冲幕府，袁世凯管家王筱汀数次相邀，他都一一婉拒，自言“小草山中有性天”。

先生乃在儒、道两家，以儒涉世，以道宅心，以学为隐，著作等身。终生著述如《角山文集》、《畏秋楼诗稿》、《遗日录》、《民史传》等多达200卷，惜今存世甚少。至晚年凡十七载，无论时事何变，他任笔卿置老贫多病于不顾，不受食薪，寄居长春观，携一代英贤，坚韧不拔，历千难万险，成就了长达三十卷、讫今最为完美的禹州方志——民国《禹县志》，为禹州历史文化的传承做出了不朽的贡献。

1936年10月，即民国《禹县志》出版前夕，先生因病阖然长逝于禹县县城倒座街寓舍，卒年67岁，葬于角山云峰阴麓。

编 者

2012年8月

《畏秋楼诗集》赞

孙至诚

中州漫羡多士，唐宋为盛，陵迟[①]至明清，不更仆数。轶近[②]萧条，几无可睹采。然文则光怪陆离，上窥周秦、下方晋宋，如固始幼衡先生；诗则清蕤茂制，薪传三百，囊括唐宋，如禹县角山先生，又近古之所睎也。至以菲质[③]，侍角山先生凡二年，获睹秘书，饫闻绪论。先生精通小学，淡泊名利，以为近世人心陷溺成为祸乱，故归《民史》，崇论民贵，骛高尚其志，俾自发舒材性，以绝外慕。以为汉后小学家言，夸饰瞑髦，非复保氏[④]所职，故录小学，纱比今昔，抽为科条，昭若发蒙，宜于舆人[⑤]，若五寸之榘，尽天下之方已。于经史诸子，咸六通四辟。有所弹正，虽往古宿学，不能解免。而其形寿所至，则在于诗。谓："代代殊风，实古乐犹今乐。圣圣异体，齐天籁与人籁。"惬心贵当，遣辞必妍，探骊耀龙珠之辉，掷地作金石之声。本乎温柔敦厚之教，不失兴观群怨之旨。夐乎不可尚已。远览稗瀛雄厚，以文艺中天为之元胎。此自进化柯宪[⑥]，莫之能外。有高语治本，颉颃远西者，要恢旷国故，以扇游尘。持此示之，可谓援手之鹑矣。弟子浚县孙至诚记。

（孙至诚，字思昉，民国河南浚县人，角山先生高足。曾于民国时期先后宰郾城县、洛阳市，后赴察哈尔幕府参加抗日。）

注释：

①陵迟：指时间推移。

②輓近：輓通晚，意即晚近。

③菲质：微薄的才质，盖自谦之词。

④保氏：周代官名，掌管小学（即后世所称文字学）之官。

⑤舆人：众人也，如舆论之舆。

⑥柯宪：即修宪。柯，斧柄也，引伸为动词，谓持斧以修之，世称“斧正”亦本此义。

目　录

序：诗有传承待后人……叶延滨/一
一代儒宗王琴林……编者/五
《畏秋楼诗集》赞……孙至诚/七

卷一　五言古

辛丑春感时诗……二
古　意 癸卯……四
咏　史 拟左太冲……七
拟五君咏存三……八
题画扇 以下数首皆癸卯作……一一
题唐寅画下山虎图……一一
即　咏……一二
抒　怀……一三
偶　作……一三

偶　咏……一四
三峰山即景……一五
乘凉偶作……一五
偶　作……一六
拙诗大意……一七
长女于归薛氏有感，因次韦苏州《送杨氏女》韵贻之 并序……一八
即　咏……二〇
己未元旦，用陶诗《游斜川》首句“开岁倏五十”为题摅怀，即步原韵……二〇
开岁倏五日……二一
寿张叟……二二
次某君韵生查子词 词调近五古，因附此……二三

卷二　七言古（一）

《小仓山诗略钞》题辞……二六
步《读选楼》拟李贺《美人梳头歌》……二七
步《读选楼》拟孟郊《出门行》……二八
步《读选楼》拟李昂《从军行》……二八
步《读选楼》拟张说《邺下引》……三〇
步和《读选楼》拟李嘉祐《伤吴中》……三〇
拟尤西堂《反昭君怨》……三一
庚子作感时诗……三二
漫　歌 壬寅作……三三

戒躁箴……三四
讼风伯……三五
偶　作……三六
癸卯秋，三峰山矿务公司时忧亏闭，漫歌……三七
雨中作……三八
送东寅先生泛海别禹 乙巳作……三八
朱仙镇旅店壁上咏古诗，多以秦桧影照李文忠，
　　此大不然。诗以驳之……四〇
赠葛丈 并序……四一
涧香女士画帧内画桃花带竹，肇卿得之汴厂，
　　索题，应之……四四
葛氏阖家乐撮影……四六
昌黎颂……四七
和黄蓉石《痲疯女词》……四八

卷三　七言古（二）

孙知事符卿暨配范夫人五十双寿，
　　并三公子合卺双喜诗 并序……五二
于宅观赵文敏《百马图卷》，归想其大意，
　　赋赠为跋……五六
悲歌示儿 丁巳七月作……五八
东寅先生南园隐居，兹届六旬寿辰，
　　奉诗为庆 戊午十二月……五九
又代樊蓬仙先生作……六二

附：东寅先生和韵 …… 六四
又 次韵酬蓬仙兼柬颍滨诸子 …… 六六
和周石虞见赠原韵 …… 六八
送孙思昉 …… 六九
浚县孙君星章赴法留学，道汴留别摄影，共六人。
其令侄思昉索题，应之 …… 七〇
梅芳先生游汴，与禹士撮影嘱咏，勉应呈政 …… 七二
马营长宪周驻禹有年，今奉檄防汝，
索诗赠别，漫应 …… 七四
县长郭君将别禹，索诗，漫赋赠别 …… 七五
南园先生游禹将归，赋送 …… 七七
郭君重九生日赋颂 代 …… 八〇
绍兴王家襄为其先府君卧山公百龄追纪征言，
漫以长句应之 代 …… 八二
蔚叟先生暨黄夫人六秩双庆献诗为寿 …… 八三
肇卿索诗书扇，漫赋 …… 八五
蓬仙先生属作诗书扇，谨赋 …… 八七
为易之书扇漫赋 …… 八八
荔轩索诗，赋赠 …… 九〇
题思昉撮影，时在察哈尔都统幕 …… 九一
逊卿索诗书扇，漫赋 …… 九二
赠思昉 并序 …… 九三
包孝肃公像赞 …… 九五
己巳秋暑赋为筱瑾书扇 …… 九六

卷四　五言律、七言律

五言律

即　事…………一〇〇
偶　成…………一〇〇
光绪癸卯春间感怀诗二首…………一〇一
摅　怀…………一〇二
有　感…………一〇二
即　境…………一〇三
晤张罗明远二首…………一〇三
读《日本变法次第类考》有感…………一〇四
访来嵩阁次肇卿韵…………一〇五
漫　咏…………一〇五
失　题 乙卯冬作…………一〇六
摅怀二首 丁巳七月…………一〇七
闲　咏…………一〇八
戊午十一月十一日薛氏外孙乳名新道殇。既逾月始抑哀，哭之以诗…………一〇八
昆明池织女石试律二首…………一〇九
乙丑春初感赋…………一一〇
山居雨后即景，集杜二首…………一一一
哭次子怡庵四首 己巳三月…………一一二

七言律

庚子八月，拳匪起事，悲时作诗二首 并序…………一一三

三峰山居……一一五
家居感事……一一六
读书有触之作……一一六
赴汴道尉氏旅店题壁……一一七
留都怀古二首……一一八
昔作留都怀古，心有未慊，更作二首……一二〇
宣统元年九月十四日，闻日本伊滕博文被
韩安荫接刺死，为诗吊之二首……一二一
无题三首 并序……一二二
四十四岁照像与三十五岁旧像迥异感赋……一二四
怀　内……一二五
伯舅七十二岁撮影题奉……一二五
寄赠朱知事笠峰……一二六
舅氏益三先生遗影……一二七
外家文氏塾中撮影……一二八
外家文氏阖家乐撮影……一二九
改前作待质……一二九
谈及秋瑾，漫咏吊之……一三〇
祝白母朱太淑人六秩荣庆二首 代……一三二
题画三撮影二首……一三三
浊　酒……一三四
乙卯元宵热闹异常，三年以来民生困苦极矣，
至此一舒，因作诗二首志庆……一三五
偶　成……一三六
即　事……一三六

即　景……一三七
自　遣……一三七
即　景……一三八
即景自遣……一三八
自匾所居，曰“何陋居”，诗以夸之……一三九
雨后自城归家……一四〇
雪晴夜吟……一四〇
漫　咏……一四一
初夏小雨 下三首丙辰作……一四一
肇卿、荔轩、绶卿、庆霄偕至山中，有咏志快……一四二
赠刘营长允侯……一四三
何陋居题壁 下二十首丁巳作……一四四
题瓢海 并序……一四五
即　咏……一四六
感　赋……一四六
小园即事……一四七
漫　咏……一四七
摅　怀……一四八
漫　咏……一四九
闲　吟……一五〇
闲　吟……一五一
茫　茫……一五二
摅　怀……一五二
闲　赋……一五四
戊午正月我年四十九矣，感亲旧多丧，怆然有赋……一五五

何陋居内外即景 此首拗体……一五七
漫咏遣暑……一五八
何陋居小景……一五九
雨后漫游……一六〇
遣　怀……一六〇
山居消夏漫咏 己未六月作……一六一
闻子元统领来禹省友人疾感赋 统领壮岁客禹，
贫病赖友人力，深感之……一六四
读书杂感……一六五
即　事……一六六
挽柳堂先生 己未八月……一六六
贺蓬仙纳姬……一六七
漫　咏……一六八
南园夫子游禹将归赋送 壬戌夏季……一七〇
南园夫子将去禹，摄影印贻诸学子，奉题……一七二
送南园夫子到许归来赋遇……一七二
贺画三生子……一七三
失　题……一七四
冕卿为通志局采访归禹，事毕赴汴，赋诗留别，
步韵奉答……一七四
排　闷……一七六
自　嘲……一七七
即　景……一七八
即　事……一七八
读史感刘项……一七八

又　作…………………………………………………………一七九
县志局即事………………………………………………………一八〇
林介堂暨配卢夫人七旬双庆征诗 代………………………………一八一
张仪部孟宾住禹，索诗书扇。先唱绝句一首，
　　应以七言二律，愧不能工也……………………………………一八二
张君五十三岁自寿诗索和，即步原韵……………………………一八三
逊卿寓城授徒，见辄索诗，率赋为赠……………………………一八六
大　雨…………………………………………………………一八七
即　事…………………………………………………………一八七
志局独坐，凄然不乐，有作 甲子九月……………………………一八八
感事有作 在长春观……………………………………………………一八八
乙丑春暮更来长春观，感旧有作……………………………………一八九
画三索诗书扇，有感，率赋二首……………………………………一九〇
岐瑞年来善农，索诗书扇，即缘此意赋赠乙丑六月………一九一
九日翌夜感赋二首…………………………………………………一九二
即　事…………………………………………………………一九三
续　作…………………………………………………………一九三
久　雨…………………………………………………………一九四
喜　晴…………………………………………………………一九五
鄜城怀古并游览所感，吟奉思昉暨党君范九、
　　郭君子廉、顿君蔚南诸贤，即以留别 戊辰九月………一九五

卷五　五言绝句、七言绝句（一）

五言绝句

率　吟……二〇〇
王君明甫索题画屏四首，画曹君荆三作也……二〇〇
题春联画二首……二〇二

七言绝句（一）

李夫人二首……二〇二
拟尤西堂《反昭君怨》二首……二〇三
馆黄氏感怀……二〇四
《张船山诗钞》题辞四首……二〇四
题《随园诗话》……二〇六
杜庄邀杜子少台二首……二〇六
杜少台过余题壁回赠……二〇七
《垂香楼略钞》题辞……二〇七
戏题小仓山房诗……二〇八
三峰山矿务公司即事……二〇九
调煤夫 癸卯在三峰山作……二〇九
坐飞字房……二〇九
即　事……二一〇
读《船山诗钞》二首……二一〇
观剧二首……二一一
即　景……二一二
志明远楼题壁 并序……二一二

率　咏……二一三
本事二首……二一四
赴吉林提学司幕，夜宿双岭子驿，早发有作 并序……二一四
己酉年家居即事……二一五
己酉年十月二十一日，由彰德赴京过邯郸怀卢生事。惜火车匆匆，不及一谒卢生祠，车上口占志感……二一六
闻日本伊藤博文被韩人安荫接刺死……二一六
吊韩刺客安荫接刺日本伊藤博文……二一七
画三七夕纳姬，作四绝句贺之 庚戌初秋之月作于观成楼……二一八
挽杜少台 并序 辛亥春作……二一九
题少台杂剧……二二五
子干罢吏洛阳，寓禹丁忧，绝句奉怀……二二五
戏贺商开三续弦……二二六
子谦兼祧娶妇奉贺……二二七
玉山葛丈撮影嘱题……二二八
鼎三姻丈摄影……二二八
葛生雨粲文生书锡合影……二二九
覃怀张君景星久客外家文氏摄影……二二九
五弟符仙抱子嘉运合影……二二九
六弟翔仞撮影……二三〇
景儿小照……二三一
仲弟撮影索题……二三一
三峰山团勇小照……二三二
王叟廷献撮影邀题，应之……二三二
谟臣武装撮影……二三三

医者刘君一珍小影……二三四
庆霄携儿曹合影……二三四
翠生先生遗影……二三五
赠荆三……二三六
戏题和合二圣……二三七
题无量寿佛……二三八
顾栗烂漫自喜，忽礼服携子撮影索题，戏答……二三九
荆三为明甫画菊，邀题四绝。细看菊下菖蒲，养之盆中，则盆字亦不可忽也，戏题一首……二四〇
宪甫表弟遗影……二四〇
送李少村从军……二四一
题画桃柳燕……二四一
题画牡丹……二四二
嘲　蛙……二四二
甲子七月初大雨，至七夕无雨，漫赋……二四三

卷六　七言绝句（二）

葛生雨粲属题闺扇 下四首丙辰作……二四六
扇中绣小雀当喜鹊，借音取意耳。谛视并非小雀，更申一首……二四六
老马喜我外家东垆文氏水草，每临东垆歧路，必直驰入文氏。今文氏已分居，而马仍恋旧栈，感赋……二四六
即　景 下二十六首丁巳作……二四七
有　触……二四七

看山谣……二四八
昔年见有画“我不如人，人不如我”图者，
因忆及题之……二四九
遣　怀……二四九
七夕绝句……二四九
雨中忆前七夕绝句题后……二五〇
改定七夕诗后又补作二首……二五〇
自　嘲……二五一
即　景……二五二
食　枣……二五二
闻　虫……二五三
改前作……二五三
摅　怀……二五三
自　嘲……二五四
雨　后……二五四
葛杨姚三人汴中撮影索题……二五五
亡友子俊卒于戊午二月二十五日。己未二月十八日，
见其小照，怆然题之下二十二首己未作……二五六
偶阅《升庵诗话》，有连叠四字作句者。又樊山滑稽诗
有叠字而音同义异者。今合效二颦聊以为戏，亦
易安作“庭院深深”之意也……二五七
拟赠宋子元统领……二五八
为肇卿题画……二五九
代友为陈湘云作联云：“姓分华胄胭脂井，名在红楼
芍药茵。”肇卿曰此联若传远人，必疑作者当

一风流少年才子也。因戏赋小诗两首……二六〇
老友王君执斋携眷照影索题，戏答……二六一
即　景……二六一
题思昉与舍侄清运合影……二六二
宋子元统领长公子花烛词 并序，庚申二月作……二六三
题　画……二六六
子范二十四岁摄影，时辛亥春也。越庚申秋索题，漫应……二六六
漫题 并序……二六八
题熙儿诗课后……二七〇
赠别思昉……二七〇
题侄女瑞萱诗课后……二七一
雪　后……二七二
郭亚平之本生母七十寿诗 并序……二七二
刘君某重游泮水，自寿征诗，漫应十二首代……二七八
送　春……二八一
改　作……二八一
题仝君瑞五携孙撮影……二八二
题五人撮影，时五月初四日也。罗生筱瑾、张生鹤亭，二刘生筱儒、少越，四人皆手执书卷，惟余闲坐而已……二八二
夜　初……二八三
赠郭生文林绝句二首……二八四
偶尔入梦，宛然少年。醒后自失，戏作二绝句……二八四
山居即事……二八五

清　明……………………………………………………………二八六
新晴次日……………………………………………………………二八七
子侄辈七人更携一孙撮影索题，戏应……………………二八七
游　仙……………………………………………………………二八八
思昉出示归懋仪《绣馀草》一册。懋仪为随园
　　女弟子，诗字双美，惜匆匆一阅，未窥要妙。
　　思昉属为题诗，率成绝句四首，所谓唐突西子
　　者也 戊辰暮春十二日挑灯初草……………………………二八九
己巳春，思昉招游洛阳，出示旧藏小影索题。时思昉
　　宰洛阳，年未壮也，为赋绝句三首以奉…………二九〇

附录：纪年对照表暨史事年表（1869—1936）……………二九三
跋……………………………………………………………………三〇四

卷一　五言古

辛丑春感时诗[1]

（一）

国势日益衰，　强邻四外逼。
士夫尽泄沓，　朝廷宵旰急。
乱民到处有，　假名托效忠。
大局岌岌危，　国门战血红。
銮舆[2]竟播迁，震惊至九庙。
奇祸未曾有，　早为杞人料。
鉴帅伸大节，　疆场作鬼雄。[3]
原为清议劫，　志量亦恢宏。
善人国之宝，　而今复谁赖。
赢得小儿喜，　时事且益败。
惟有张与李[4]，识力真大臣。
劳则任之己，　怨则听之人。
修和而变法，　请与民更始。
非徇心所欲，　势亦不可止。
独患积习深，　泥古而偷安。
大乱在人心，　胡文忠公言[5]。

（二）

早岁困帖括，　鱼蠹故书中。[6]
弱冠青一衿，　如挽十强弓。

丈夫不得志，　尚当食芎藭。
何能作剽贼，　拾唾而自雄。
梦想天下事，　泪雨洒太空。
鼾睡环卧榻，　病人尚梦梦。[7]
空拳而搏虎，　能无咥人凶。
骄惰成痼习，　竞夸笔舌功。
大言徒炎炎，　听之如听风。
动说系南越，　问谁是终童。[8]
世无曾涤相，　又无左季公。[9]
况复世变亟，　大不似咸同[10]。
寻蹄即失兔，　化身乃成龙。
六经号六艺，　《周礼》有《考工》[11]。
汉世垂古训，　大利必归农。
宋后议论改，　每以道自封。
沿之数百年，　循环无始终。
以言教者讼，　以身教者从。
顾力行何如，　勿为尚口穷。

注释：

①1900年，庚子事变，八国联军侵入北京，慈禧太后和光绪帝一行避难于西安。年底，双方议和开始，1901年9月，签订丧权辱国的《辛丑条约》。

②銮舆：皇帝的车驾。播迁，辗转流离。指慈禧等逃难西安。

③八国联军入侵天津，聂士成壮烈殉国。

④指“洋务运动”的领袖张之洞、李鸿章。

⑤胡林翼：字贶生，号润芝，湖南益阳人。道光年间进士，累官湖北巡抚。太平军起，胡固守武昌，阻遏其北进。后卒于军中，谥文忠。

⑥帖括：应试八股文。鱼蠹：书虫。

⑦“鼾睡”二句：宋太祖赵匡胤曾言：“卧榻之侧，岂容他人鼾睡！”此指列强环伺，面临瓜分危机，而国人尚不觉悟。

⑧“动说”二句：汉代终军，慷慨豪壮，曾自动请缨，系南越王赵佗以归。此处慨叹当世无终军之壮勇，积贫积弱，空谈主战。

⑨“世无”二句：指清“中兴名将”曾国藩、左宗棠。

⑩咸同：指曾、左所处的咸丰、同治年间。

⑪《周礼·考工记》：言百工之事，亦称《冬官考工记》。

古　意 癸卯

（一）

昔者七雄①侈，处士横议工。
孟氏谈王政②，听之如木钟。
其他诸巨子，　向背而异同。
苏张③更矫出，一世为之瞢。
独有漆园叟④，万响等虫薨。

穷达与夭寿，　浮云幻太空。
其书谁能训，　其意我能崇。

（二）

苏秦[5]未遇时，白眼满一家。
更用期年力，　揣摩信无差。
腰悬斗大印，　黄金如泥沙。
衣锦归故里，　嫂迎而行蛇。
人情古如此，　何庸长咨嗟？

（三）

读书不受用，　何事万卷多。
海阔天又空，　其间酿太和[6]。
少年无成就，　白日几蹉跎。
春风吹愁至，　梦里惊睡魔。
挥手驱之去，　随意且高歌。
不上瞿塘峡[7]，任尔石嵯峨。
不立楚江滨，　任尔大风波。

（四）

中年多俗累，　百事一无成。
而今都解脱，　大梦为之醒。
仰视众星皓，　天空何所萦。
人生如寄耳，　愚者啖其名。

须当拂意时，忍之而自平。
乾坤[8]殊恢恢，万物皆有情。
彼此各一道，谁能是非明。

（五）

中年无定志，失足走名场。
顾此时局危，大义安可忘？
绵薄无成就，空将家计荒。
偶归如做客，老母病在床。
言为忧儿贫，积劳而成伤。
老父近六旬，须鬓亦已霜。
耕作南亩际，长年餍粃糠。
自是子道亏，何以娱高堂。
犹子[9]淑运方六岁，依依近我旁。
自言新丧母，乞为买衣裳。
好言抚之去，感此恻中肠。
家事未料理，公差催束装。
称贷羞开口，去去提空囊。
路逢高车客，翩翩称佳祥。
其中何所有？意气自飞扬。
丈夫不得志，行当老山庄。
谁能执途人，絮絮说稻粱。
宝剑沉沙底，陆离[10]发光芒。
报国自有道，涉世自有方。

崇实以为本，岂在多文章？

注释：

①七雄：战国七雄，齐、楚、秦、燕、韩、赵、魏。

②孟氏谈王政：孟轲游说列国，并著《孟子》一书，其政治理想的核心，是“王道”和“仁政”，深得后世儒家所激赏，但在当时却颇受诸侯之冷落。

③苏张：指战国时期纵横家的代表人物苏秦和张仪。

④漆园叟：道家代表人物庄周，曾为漆园小吏，著《庄子》一书，该书既为哲学经典，亦为文学名著。

⑤本篇咏苏秦事，见《史记·苏秦列传》。

⑥太和：冲和之气，合阴阳而平衡。

⑦瞿塘峡：长江三峡，为瞿塘峡、巫峡、西陵峡。其中以瞿塘峡最险，有巨大之怪石，有如猛兽，以当中流，称滟滪滩，后被炸去，以利行船。

⑧乾、坤：皆《周易》之卦名，象征天地二仪，亦象征江山社稷，国家政权。其中乾卦性刚，坤卦性柔。

⑨犹子：兄弟之子，汉代以后也称为从子，俗称侄。

⑩陆离：形容光彩绚丽，斑斓闪烁。

咏　史 拟左太冲[1]

少年学击剑，中岁爱读书。
跃马上京洛，题桥出成都。

鸡窗方投笔，　凤阁[2]已抗疏。
深恩感知己，　虚誉鄙竖儒。
草檄谕巴蜀，　弯弓走匈奴。[3]
澄清光日月，　起废极吹嘘。
一朝霖雨足，　云收淡若无。[4]

注释：

①左太冲：晋代诗人左思，字太冲。曾作《咏史》诗八篇，成就很高，又有《三都赋》，影响很大。

②凤阁：即中书省。《唐书·百官志》注："光宅元年，改中书省曰凤阁。"

③"草檄"句咏司马相如、司马迁；"弯弓"句咏卫青、霍去病之类人物。

④结尾二句，谓功成身退，如张良。其实作者理想中的榜样，便是上述几个历史风云人物形象的迭加，因为上述数人，共同创造了中国汉代的辉煌。

拟五君咏存三

司马相如[1]

一篇《凌云赋》，一篇《封禅书》。
一篇《巴蜀谕》，一篇《谏猎疏》。
蟛蜞横一世，　驷马耀成都。

无端罢园令，朝廷音问疏。
买赋还金屋[2]，弹琴当酒垆[3]。
佳人有真赏，虚荣何足图？

李白

十五好剑术，三十成文章。[4]
百篇尽一斗[5]，浊酒浇诗肠。
科名羞南省，笑他试官盲。
捧砚劳杨妃，调羹诧上皇。[6]
一目空馀子，独识郭汾阳。[7]

苏轼

玉局殊通达，孤心照朗月。
生日逢南斗[8]，才大命乃折。
理学多拘泥，时宰更狡谲。
瓢伤春梦婆[9]，诗和陶靖节[10]。
禅味何其长，鬼趣亦不测。
门内六君子[11]，千古作交契。

注释：

①司马相如：字长卿，成都人，汉代辞赋大家。诗中提及的《凌云赋》等，均是他的作品。

②买赋还金屋：陈皇后字阿娇。汉武帝幼时曾指言："若得阿娇，当以金屋贮之。"后来陈皇后失宠，乃以千金请司马

相如作赋，感动武帝，使之回心转意，阿娇复得宠幸。

③弹琴当酒垆：司马相如弹琴，感动卓王孙之女卓文君，随相如私奔。司马相如在长安失势，重回成都，文君束起围裙，亲自当垆，夫妻卖酒为生。

④“十五”二句：李白自述：“十五好剑术，遍干诸侯；三十成文章，历抵卿相。”

⑤百篇尽一斗：杜甫《饮中八仙歌》赞李白：“太白斗酒诗百篇。”

⑥“捧砚”二句：李冰《草堂集序》称，天宝年间，玄宗召见李白，曾“御手调羹以饭之”。杨贵妃为李白捧砚事，当为传说。

⑦郭汾阳：郭子仪，李白之友，唐“中兴名将”，因平定安史之乱，被封汾阳王。李白以永王李璘案蒙冤入狱，曾被郭子仪等人所救。一目空馀子，是说在李白心目中，除郭子仪之外，世无英雄。

⑧南斗：星宿名。《星经》称“南斗六星，主天子寿命，亦宰相爵禄之位”，俗有南斗主文运之说。

⑨春梦婆：东坡在昌化时，尝负大瓢，行歌于田间，遇七十老妪言，内翰昔日富贵，实为春梦一场。东坡深以为然。里中呼之为春梦婆。

⑩诗和陶靖节：陶潜，字元亮，又字渊明，号靖节。晋代大诗人，著《陶渊明集》。苏轼深慕陶之为人，故晚年对陶诗多有和作。

⑪门内六君子：宋代黄庭坚、秦观、张耒、晁补之称“苏门四学士”。又合陈师道、李廌二人，共称“苏门六君子”。

题画扇 以下数首皆癸卯作

至乐归渔子，心如沙鸥渺。
水绿与山苍，天然结搆好。
金紫[①]那复縻，得此亦足老。
不知何许人，画留武陵[②]稿。

注释：

①金紫：指身居高官，腰系金带，身着紫袍。

②武陵：陶渊明《桃花源记》，事托于武陵桃花源。盖王氏本诗所题画扇，其意境近于《桃花源记》。

题唐寅[①]画下山虎图

饿虎久困山，飞奔欲下涧。
世无冯妇[②]勇，问谁敢搏战？
耽耽而逐逐，傅翼又加冠。
吾谓虎误矣，平地有阱陷。
慢藏腥与膻，引君哆流涎。
始多用阴机[③]，终将发大难。
铦君以毒药，赤君以刀剑。
尔时思上山，山路已隔断。

注释：

①唐寅：字伯虎，号六如居士，桃花庵主，明代大画家。他与沈周、文征明、仇英齐名，合称“明四家”。

②冯妇：传说中善伏虎者。

③阴机：隐藏之危机。

即　咏

明月出树末，　其光生微热。
卧看不忍去，　照此一腔血。
三山胪石薪[①]，何代遗灰劫[②]。
深藏如枕秘，　一旦大发泄。
淫雨作狂澜，　禾田多破裂。
眷言起长叹，　画肚五夜彻。

注释：

①石薪：亦即石炭，古称煤为石炭，见沈括《梦溪笔谈》。三山，指三峰山，在禹州城南，其山三峰并峙，形如笔架。

②灰劫：劫灰之倒装。《高僧传》载，昔汉武穿昆明池底，得黑灰。问之（高僧竺法兰），曰：“世界终尽，劫火洞烧，此灰是也。”此句谓，不知何地质年代遗留之劫灰，化而为煤。后世又常以劫灰代指战火留下之惨状。

抒　怀

生性如顽石，可转不可裂。[①]
钝匠误击之，火星飞一瞥。
何当读诗书，涵养此热血。
朅来阅世情，差悔铸错铁。
偶欲鸣不平，亦复知曲折。
未任鞭驽马[②]，小走而大跌。
已矣勿多言，当铭金人[③]说。

注释：

①“生性”二句：化用《诗经》：“我心匪石，不可转也。”

②驽马：劣马也。《荀子·劝学篇》：“驽马十驾，功在不舍。”

③金人：《家语》载，孔子观周，入后稷之庙，右陛之前有金人焉。三缄其口而铭其背曰：“古之慎言人也。”兹取慎言多思之意。

偶　作

山麓受风早，雨后足秋阴。
野云竟长天，凉意入我襟。
人语何嘈杂，虫吟不契心。
案头罗书卷，恍疑古客临。

对此聊破倦，　可以俗盲针。
告子遗明训，　强我不动心。[1]
惟盼半圆月，　开霁镜幽岑。

注释：

①“告子”二句：告子，名告不害，与孟子同时期人，《孟子》书中有《告子篇》。两句意谓，读《孟子·告子篇》，明圣贤遗训，坚定了我的信仰。

偶　咏

猛虎在深山，　咆哮慑武人。
一朝入深阱，　犬羊顾之瞋。
彼哉小丈夫，　得志骤养尊。
冠盖耀前庭，　粉黛盈下陈。
所恶无贵胄，　所喜无寒门。
岂知倚伏理，　福与祸为邻。[1]
不见黄头郎[2]，一梦竟得君。
铜山无终铸，　翻为饿死贫。

注释：

①“岂知”二句：《老子》：“祸兮福所倚，福兮祸所伏。”言祸中有福，福中有祸，祸福同存，互相转化之理。

②黄头郎：指船夫，亦指水军士兵，以著黄帽而称之，此指平民也。

三峰山即景

薄云裼长天，　星月逗隐跃。
瀑泉喷明珠，　滴滴结员颗。
山顶石嶙峋，　壁立何其卓。
涧深不见底，　哆口向外豁。
野花无人管，　天趣[1]亦殊绰。
村氓自烂漫，　嘲谑不嫌虐。
我来适遇之，　未暇数碎琐。
自初少年日，　蹉跎虚度错。
为乐须及时，　大梦一旦觉。
经世[2]非容易，吾材只细末。

注释：

①天趣：指自然之意趣。

②经世：经国济世，指从政为官并施展其抱负与才干。

乘凉偶作

火日炙人背，　汗泉溅溅明。

偷步浓阴底，　坐待西阳倾。
夜来新霁色，　星众一何莹。
良朋大放厥，　顽趣各自呈。
少焉暑解严，　凉飔树末生。
披襟遽当之，　快涤两腋清。[①]
玩味不忍寝，　守月立深更。

注释：

①“披襟”二句：宋玉《风赋》：“有风飒然而至，王乃披襟而当之，曰：‘快哉此风，寡人乃与庶者共之。’”

偶　作

读诗聊寄兴，　作诗亦偶然。
诗成无格律，　情韵俱任天。
今岁甘雨足，　可以庆丰年。
偷闲且为欢，　勿为日忧煎。
传闻京畿旱，　斗米数千钱。
又闻南服水，　沧海没桑田。
况复东三省，　劫灰荡飞烟。
日俄皆天骄，　风鹤起百端。[①]
群龙皆无首，　未免各袒偏。

中外多变故，后患且未捐。
位卑而言高，岂曰能智贤？
朋侪有美酒，邀我泛杯船。
惟宜千日醉，一睡无纠缠。

注释：

①“况复”四句：指日俄两国，为争夺中国东北殖民地，常开战端，遂使东北人民蒙难深重。风鹤，风鸣鹤唳。前秦苻坚，统一北方后，不可一世，率兵百万南下，淝水一战而败，狼狈而逃，闻风鸣鹤唳，皆为之战战兢兢。

拙诗大意

诗歌起皇古，原不论《四声》①。
衢童与壤叟，各以天籁鸣。
《虞书》②垂名训，言志相和赓。
下逮《三百篇》③，无非理性情。
齐梁莽小儿，妄自作刑名。
唐宋大家出，颇不受墨绳④。
愚者乃胆怯，服勒到毕生。
吾听湖湘语，通风混腾亨。
齿舌南北异，谁能判浊清？

我且行我法，　懒与迂腐争。

注释：

①《四声》：古以平、上、去、入四声，又归之为平、仄二声，成为诗词格律之基本元素。起于南朝齐梁时代。

②《虞书》：《尚书》篇名，载唐尧、虞舜两代事。

③《三百篇》：世称《诗经》，共收录周代诗歌三百零五篇，取其成数，称《诗三百》。

④墨绳：木工确定直线的工具，代指规矩。

长女于归[1]薛氏有感，因次韦苏州[2]《送杨氏女》韵贻之 并序

女性敏柔，虽生寒门，依依怙恃，未吃一苦。一朝别去，未卜所天，生恐此生之福今日尽矣。自古贤名，悉从苦来，女其勖哉！惟耐惟忍，可渡苦海。韦诗云："自小阙内训，事姑遗我忧。"先得我心，那复已已。杜诗云："嫁女与征夫，不如弃路旁。"予谓何必征夫，嫁即弃也。出门一步，辄同陌路。家产累累，非女有也。元九[3]诗云："谢公最小偏怜女，自嫁黔娄百事乖"，伤心哉！然得嫁黔娄[4]，亦复不恶。惟祝女耐之忍之，谨执妇道。荆布井臼，久习如故。小年之福，忘如隔世。乘暇归宁[5]，听我说《南华》[6]化理，窥破一切，多写佛经，做大功德，忏悔罪孽，庶来生不再作女儿身。否则祝女变聋变痴，亦一法也。

天道何昧昧，　人情自悠悠。
赋命有厚薄，　漂如不系舟。
谢公偏怜女，　爱尔敏且柔。
生小好身手，　草草勤未休。
廿年擎掌珠，　长大勉羁留。
一朝别我去，　恻然怀百忧。
入门多生疏，　幸勿动招尤⑦。
宝筏一字忍，　甘苦如环周。
孽业随女身，　以顺为正猷。
我生悟大化，　尘世几春秋。⑧
百感亦云暂，　当发竟莫收。
女切勿自悲，　我泪已潸流。

注释：

①于归：《诗经》：“之子于归”，指女子出嫁也。

②韦苏州：唐代诗人韦应物，曾任苏州刺史，故人称韦苏州。其所作《送杨氏女》一诗，见于《唐诗三百首》。

③元九：唐代诗人元稹，行九，故称元九。谢公最小偏怜女：东晋名相谢安，其小女谢道韫，古今罕有之才女也。元稹用以代指其妻韦氏。

④黔娄：复姓。齐有隐士黔娄先生，一贫如洗，而安贫乐道。后世以此代称贫士。

⑤归宁：女子回娘家探望父母曰归宁。

⑥《南华》：即《庄子》一书，哲学名著，读之可以开拓心胸，又可以平衡心态。

⑦尤：怨尤。

⑧“我生”二句：言天地悠悠无尽，而人生短暂无常之理。

即　咏

浮生归有命，　由来宰之天。
天亦苍苍耳，　运化随流迁。
譬彼花飞落，　茵溷各偶然。[1]
达人大觉悟，　一断前后缘。
贫不憾立椎，　富不夸万钱。
将心化白云，　散人作散仙。

注释：

①“譬彼”二句：六朝时范缜之语，言人生如落花，或飞茵席之上，或飞溷厕之中，纯属偶然，非关宿命也。

己未元旦[1]，用陶诗《游斜川》首句“开岁倏五十”为题摅怀，即步原韵

开岁倏五十，　虽休且勿休。
生年已半百，　何不秉烛游？
回首少小日，　滔滔无返流。

王洪涛　作

放怀如野马，　忘机[2]共沙鸥。
灵境绝人世，　一壑兼一丘。
山花冒雪发，　与我为宾俦。
林鸟迎春啭，　与我相唱酬。
借问古栗里[3]，风光似此否？
日须恋赵爱，　天不劳杞忧[4]。
知非亦知命，　一饱更无求。

注释：

①己未元旦：1919年。所谓元旦，非当今通用公历之元旦，乃夏历（农历）之元旦也。

②忘机：指自甘淡泊，与世无争，无机巧诈伪之心态。《列子》寓言，海滨有子，素无机心，日与白鸥相戏。一日忽生机心，欲捉白鸥，群鸥便远远相离，不再接近他。

③栗里：相传为陶渊明先生故里，在今江西省德化县。此处代指作者故里栗子沟村。

④杞忧：杞，古国名。《列子》有寓言，言杞国有人忧天会崩坠，身无所寄。演化为成语杞人忧天，形容脱离实际的多余的忧虑。

开岁倏五日

陶诗《游斜川》首句“开岁倏五十”，一作“开岁倏五日”，并借为题，追和原韵。

开岁倏五日，　羲和鞭不休[1]。
遥想东郊外，　打春正戏游。
青红都儿女，　聚观清颍流。
人生知何似，　应似水上鸥。
今来与古往，　只此貉一丘。
富贵非我愿，　樵牧乃其俦。
屠苏[2]有美酒，围炉相劝酬。
报道乡人傩，　为问往观否？
且极新年乐，　尽消迟暮忧。
知足遂常足，　无得亦无求。

注释：

①羲和鞭不休：传说太阳神羲和，以六龙驾车，每天朝发于扶桑，夕没于西海。

②屠苏：本草名，相传华佗配屠苏酒，于元日饮之，可驱避邪气。王安石诗："爆竹声中一岁除，春风送暖入屠苏。"

寿张叟

张氏有一叟，　生来福寿全。
何以安身家？　好宅兼好田。
何以适性情？　近水又近山。

谁与说儿时，　莱妻伴华颠[1]。
谁与传后世，　霸子绕膝前。
时复墟曲中，　来往多俗缘。
每遇稻花风，　香飘襟袖间。
兴到三杯酒，　不醉亦陶然。
太平自在我，　丧乱尽由天。
松乔今何往？　清闲便是仙。
一日复一日，　且过亿万年。
此亦知足歌，　为叟聊破颜。

注释：

①莱妻伴华颠：莱妻，《列女传》载，老莱子耕于蒙山之阳，楚王欲任以官，莱妻劝之曰："可食以酒肉者，可随以鞭；可授以官禄者，可随以斧钺。为官者岂有耕隐之乐哉？"老莱子乃与其妻终身隐处之。华颠：谓白首也。

次某君韵生查子词 词调近五古，因附此

（一）

藕丝几许长，　牵挂双桨舻。
鸳鸯偷窥人，　欲飞还小住。
衣香净袭花，　酒气浓成雾。
又唱《采菱歌》，自迷归去路。

（二）

弓鞵三寸长，　侧行清溪舻。
莲花娇似人，　更欲留人住。
柳腰软畏风，　檀口香喷雾。
捱过小红桥，　月明送归路。

卷二　七言古（一）

《小仓山诗略钞》[1]题辞

小仓山诗随意钞，　先奏《霓裳》后《六幺》[2]。
染指不过一脔尝，　满腹香味快老饕。
浓濡五色笔一管，　包括汉唐间六朝。
先生不薄宋元明，　往往与之神相遭。
当其浑似处，　　　绝不差分毫。
似与不似全无意，　自取性情去推敲。
或如吹铁笛，　　　或如弄玉箫。
或如悲风响雨夜，　或如鲜花放春朝。
不学仙与仙境会，　不谈禅有禅味饶。
果然才子才，　　　还惊豪士豪。
尽使鲰生[3]形容罄，难将先生全体描。
我欲读破随园数十种，可奈师丹[4]善忘记不牢。
取便寥寥钞数首，　随笔之缘非剔挑。
未必微之识碔砆[5]，不把连城璧[6]轻抛。
就此便作中郎枕中宝，
床头夜间光焰高，　口沫手胝诵滔滔。

注释：

①清代诗人袁枚（1716—1797），字子才，号简斋。他曾隐于南京小仓山的随园，故亦号随园老人。著有《小仓山房诗文集》，《随园诗话》等书。其诗论倡性灵之说，影响甚大。王氏所录袁枚诗，即署为《小仓山诗略钞》，并题此诗以志其读后之快感。

②霓裳、六幺：皆为古代流行乐曲名，唐代盛行之。此句由白居易诗化出。

③鲰生：汉初说客，《汉书注》：“鲰生，小人也。”后用以为自谦之词。

④师丹：本汉代人名，此但取其丹心之意，指本心善忘也。

⑤碔砆：美石之似玉者也。

⑥连城璧：楚人卞和得璞玉，献楚王，后加工为璧，称和氏璧，价值连城。战国时为赵惠文王所得，秦欲夺之，蔺相如不辱使命，完璧而归赵。事见《史记·廉蔺列传》。

步《读选楼》[1]拟李贺《美人梳头歌》

月明落尽东风懒，　低压绣茵人意缓。
半竿红日映前庭，　带醉海棠睡不醒。
鹦哥唤起羌骄贵，　昨宵脂粉全消未？
花冠重整金钗丽，　落梅点额桃堆髻。
巧挽巫山一片云，　直戴中人数乡税。
高挂珠帘闭房栊，　鬓侧花斜舞春风。
悄地小声问夫婿，　娇颜可似去年红？

注释：

①《读选楼诗稿》（十卷），清光绪时作品，作者王

采苹，字涧香，江苏太仓人，系王曦女，河南禹州孝廉程伯厚妻。读选楼乃涧香女士旧迹。

步《读选楼》拟孟郊《出门行》

白日欲匿天苍茫，荡子穷途望故乡。
黄金用尽教歌舞，可忆空闺角枕凉。
行到三峡气已瘁，巍巍剑阁难即至。
荆棘满地水扬波，豺狼隐隐白云际。
长安市上忆旧游，今世无人识马周[1]。
倏忽云雨多反覆，出车欢笑回车哭。

注释：

①马周：字宾王，唐人，怀才不遇，初为常何门客，后被唐太宗发现，选拔入值门下省，又拜官监察御史。太宗尝言，一日不见马周，则思之殊甚。

步《读选楼》拟李昂《从军行》

燕山[1]载愁天作昏，强虏衔枚过雁门[2]。
一片寒沙迷汉月，半竿落日带胡云。
铁骑驰奔压内境，纸鸢飞起告急警。
腹负将军卧貂裘，三军都耐冰霜冷。

天子临轩策亲征，　黄盖高拥翠华行。
望见红云呼万岁，　一扫尘氛天地清。
乘胜直欲走绝域，　陇水关山看历历。
风吹铁甲寒有声，　雪满弓刀惨无色。
汉皇耀武西海头，　轮台一悔独伤秋。
魂销羌笛边关曲，　肠断胡笳战垒愁。
卫霍③劳劳空感奋，功不补患何足问。
万户搜残千里粮，　一砧捣出十年恨 。
方今为武在止戈，　三河年少鬓未皤。
乘槎回折玉关柳，　洗甲倒流银汉波。
帅旗如月摇白羽，　四海无尘静寰宇。
且用运甓④去消闲，清镜功名彪千古。

注释：

①燕山：山名，自河北蓟县蜿蜒东南数百里，直至海滨，为燕京之北部屏障。

②雁门：亦曰陉岭，东西山崖峭拔，中有路，盘旋崎岖，绝顶置关门，称雁门关，与宁武、偏头共称三关，为军事要塞。

③卫霍：汉代名将卫青、霍去病。

④运甓：晋代大将军陶侃，为陶渊明先祖。初为广州刺史，日运百甓以习劳。人或问之，曰：“吾方致力中原，过尔优逸，恐不堪事。”

步《读选楼》拟张说《邺下引》

君不见三国英雄分汉土，坐大中原惟魏武。[①]
燕赵佳人只等闲，　誓与二乔饮美酣。
蓬莱文章建安骨，　七子风流酣歌舞。[②]
台上铜雀送五胡[③]，至今瓦砾堆荆棘。
香消履尽砚犹留，　几字蟠螭独感秋。
劝君莫饮漳河水，　水中却有万斛愁。

注释：

①汉丞相曹操曾封魏王，受九锡。其封地在邺城，即今之安阳。曹操死，亦葬于邺，称高陵。其子曹丕代汉，称魏文帝，追认操为魏武帝。

②“蓬莱”二句：建安，为汉献帝年号。当时文坛著名者，有孔融、陈琳、王粲、徐干、阮瑀、应玚、刘桢，称建安七子。

③铜雀：台名，曹操所建。极其闳丽，其子曹植曾作《铜雀台赋》。五胡，本指匈奴、鲜卑、氐、羯、羌五个少数民族。后世泛指西北少数民族为五胡。西晋八王内乱，五胡乘虚而入，中原沦陷，西晋灭亡。从此中国历史进入南北朝时代。

步和《读选楼》拟李嘉祐《仿吴中》

霸气江东久销歇，　六朝[①]旧梦因春发。

怒涛自拥灵胥[2]去，犹馀冤愤作呜咽。
帝王州里数往还，记取当年好河山。
胭脂满地生红豆，金粉一天开白莲。
愁杀兰成自生慨，兴亡勃忽不相待。[3]
山围故国潮打城，乌衣巷毁夕阳在。[4]

注释：

①六朝：东吴、东晋、宋、齐、梁、陈六个朝代，均建都于南京，史称六朝时代。

②灵胥：春秋时期，伍子胥伐楚越而尽忠于吴，竟遭谗毁，被冤杀。死后一腔怒气，化为滚滚之怒涛，吴越之地，奉之为海神。

③“愁杀”二句：兰成，六朝诗人庾信字兰成。兴亡勃忽，典出《左传·庄公十一年》：“臧文仲曰：‘宋其兴乎！禹汤罪己，其兴也勃焉；桀纣罪人，其亡也忽焉。’”新中国成立前夕，民主人士黄炎培曾以此言示毛泽东，毛亦以此示全党。

④化用刘禹锡诗句：“山围故国周遭在，潮打空城寂寞回”，“朱雀桥边野草花，乌衣巷口夕阳斜”，慨叹历史上朝代更替、人事变迁之速也。

拟尤西堂[1]《反昭君怨》

谁道昭君[2]命独穷，修翎一举破樊笼。
不逢天子何须恨，得对单于亦是雄。

塞柳争如秦地绿，边花岂减汉宫红？
百般旧怨琵琶里，一夜新恩毳帐中。
陈后[3]长门愁夜月，班妃[4]永巷倦秋风。
衰颜都被蛾眉妒，持较儿家计孰工。

注释：

①尤西堂：清长州人尤侗，字同人，号西堂。著有《西堂杂组》、《鹤栖堂文集》等。

②王嫱，字昭君，中国四大美女之一。汉元帝时出塞和番，汉人及后人多哀其不幸，发而为诗。

③陈后：陈皇后阿娇。见卷一《司马相如》诗注。

④班妃：班昭，东汉才女，大史学家班固之妹。班固著《汉书》，未就而赍志亡，班昭续成之。

庚子作感时诗

读书少慕范希文[1]，意气磊落迥超群。
忧乐早担天下任，如此秀才今几人？
衮衮诸公真肉相，儿女妻妾皆无恙。
棘门灞上直儿戏[2]，海底撼出大风浪。
可怜能发不能收，谁将血战取封侯。

注释：

①范希文：宋代政治家范仲淹，字希文。其千古名言为“先天下之忧而忧，后天下之乐而乐”。

②棘门、灞上：汉周亚夫为将，屯军细柳营。文帝亲往劳军，至棘门、灞上二营，直驰而入。至细柳营，则不能直入。文帝感叹曰："此真将军也。若棘门、灞上，如儿戏耳！"

漫　歌 壬寅作

古愚子[1]，太瘦生。
天事人事俱欠缺，　颇觉生来有性情。
无汉学之博，　无宋学之精。
略读古书见往事，　不作博士老五经。
感万变以消息，　随四时之流行。
拔剑斫地歌莫哀，　物不得其平则鸣。
纸糊之阁老，　泥塑之六卿。
郭郎登场太郎当，　优孟衣冠也自荣。[2]
黄金白碧灿然杂，　不知何以答升平。
道学清谈使人呕，　坐井观天天如萤。
亡羊竟无补牢计，　放豚又为入笠箏。
苦办一副假面目，　孔子阳虎认不清[3]。
更有文人称才子，　雕琢风月绘花莺。
四声八股老家当，　一字千金冠群英。
生逢汉祖必溺冠，　技止此耳客何能？
坐令神州竟陆沉，　天子蒙尘九庙惊。[4]
市井小臣痛欲哭，　独抱区区之忠诚。
将走君门一献策，　偏干诸侯又谁听？

注释：

①古愚子：王氏自称。

②郭郎、优孟：二人俱为古代之优伶，善谑笑。此处代指误国之大员也。

③孔子与阳虎：均为春秋时鲁人，其貌相肖，而善恶则迥乎不同。

④“坐令”二句：陆沉：无水而沉，喻人为因素而致国家蒙难。此语首见《晋书·桓温传》：“温眺瞩中原，慨然曰：‘遂使神州陆沉……’”天子蒙尘，即指八国联军入京，光绪帝西狩事。

戒躁箴

流水之行，　其科先盈。
志道之达，　其章先成。
跛而斗捷，　眇而争明。
巫医且不可，是曰无恒。
悔已往之不谏，请从此更。
见丸思炙，　误我半生。
不浅不深，　不专不精。
志立乃定，　心一乃清。
皇天后土，　实临[1]此盟。

注释：

①临：当为“鉴”字之误。

讼风伯①

风伯风伯何太虐，　递经凶旱畏老魃②。
今岁才得大有③卜，黄天帀④地妇子跃。
满盼一匀偿夙涸，　炎天之下人影卓。
汗雨淋漓且不觉，　持完国赋苏民瘼。
忽然狂飙大空作，　吹毁麦子四向落。
村童矫健野老矍，　磨镰如月声霍霍。
独有书生笑且谑，　悠然自寻林下乐。
偷食人间万事搁，　试比牛马应不若。

注释：

①风伯：司风之神。

②老魃：魃，传说之旱魔。见《山海经》。

③大有：《易》卦名，为盛大丰有之象征。后乃称丰年为大有之年。

④帀：匝之古体字。

偶　作

娶妻当得阴丽华[1]，英雄好色奚足夸。
居官当作执金吾[2]，势利之见更鄙夫。
男儿生世不得志，　吾行吾法了吾事。
第一好妇如隐娘[3]，杀尽仇人剑气扬。
第二侯嬴[4]作良友，为送公子轻其首。
不然且从李白游，　朝诗暮酒日悠悠。
不然且去寻赤松[5]，一洗红埃万古空。
天地瞬息百物虫，　圣贤竹帛亦飘风。
乡曲小儿不知耻，　拜人门下托桃李。
剽窃斯文戴莪冠[6]，心劳日拙不如死。

注释：

①阴丽华：汉光武帝刘秀之皇后。光武少年时曾曰："仕宦当作执金吾，娶妻当得阴丽华。"

②执金吾：古代武官。凡天子出行，则为先导以御非常。

③隐娘：姓聂，唐代女侠。

④侯嬴：战国时期魏人，为侠士。见《史记·信陵君列传》。

⑤赤松子：古仙人。《史记·留侯世家》："愿弃人间事，从赤松子游。"

⑥莪冠：古代士大夫或读书人所戴。

癸卯秋，三峰山[1]矿务公司时忧亏闭，漫歌

神化丹青妙不测，　划开三峰万古裂。
中有奇气射斗牛[2]，销融金刚如点雪。
天生尤物[3]不福人，泰西小儿思盗窃[4]。
曹公下车真健者，　外侮能御何足慑。
生作民爹兼卄人，　尽发宝藏收灰劫。
五丁[5]凿山山为开，神禹导河河为决。
手擎豫南数十州，　一寸热心一斗血。
平抛官橐一洗空，　无米顿教巧妇拙。
奚况吾辈措大[6]子，谓跛能履宁免蹶！
倒倾杖头钱已罄，　叩尽囊底智亦竭。
何术可点一寸金？　此错难铸六州铁。
坐念前途总茫然，　欲向塞翁[7]问真诀。

注释：

①三峰山：在禹州城西南二十里，其山横列三峰。《水经注》称之为三封山。山多煤。

②斗、牛：星宿名，皆在古二十八宿之数，此代指苍穹。

③尤物：物之尤异者，此指煤也。

④泰西小儿思盗窃：是年，比利时人欲攫取三峰山煤矿开采权，禹州人奋起抵制。知州曹广权顺乎民心，与作者同设矿务公司，官商合办。嗣因经营不善，资本亏空，改为官督商办。泰西，旧泛指西方国家。

⑤五丁：神话五丁开山，事见《华阳国志·蜀志》。

⑥措大：亦作醋大，指穷书生。

⑦塞翁：借用成语“塞翁失马，安知非福”意。

雨中作

十日前头赤日恶，　千年赵盾[①]肆酷虐。
老农背汗没胫骭，　骄阳力征风伯郤。
郁郁生热热生湿，　雷惊电掣大雨作。
蛟龙狂卷浙江潮，　横空一向响飞涛。
再接再厉何淋漓，　漫天匝地暮连朝。
尔时炎暑变秋阴，　谡谡凉风吹我襟。
一夜情波千尺满，　阶前积水无此深。

注释：

①赵盾：春秋时期晋国重臣，为人严厉；其父赵衰为人温厚。世人评论赵衰为冬日之日，人皆喜之；赵盾为夏日之日，人多惧之。

送东寅先生[①]泛海别禹 乙巳作

衡湘山水峻且清，　蔚成人文佐中兴。
廿年薪尽火渐熄，　独传长沙一先生。

先生学问镕今古，　巍然南天作翘楚。
早岁挟策干公侯，　大名久已建旗鼓。
庞士元[2]非百里才，小试牛刀官斯土。
饮食教诲备劬劳，　蚩蚩何以效反哺。
矧予小子谊尤关，　戴恩真如鳌戴山。
往还函牍高一尺，　可堪字字皆肺肝。
人颂功德万口传，　我感私眷只潸然。
忽闻骊歌[3]第一曲，忍抛别泪洒长天。
我谓先生救世切，　一寸热心一斗血。
先生反谓子亦颇，　生来天性近木讷。
唱许唱邪别无人[4]，我与先生日益亲。
忆昔下车初戾止，　一时百废俱待举。
人心浑沌凿不开，　请市骏骨自隗始[5]。
迩来民气方作新，　行见一日走千里。
翻然远为天外游，　戛然挂冠如脱屣。
方今中原百事非，　幕燕堂雀[6]瞢不知。
星轺四出空复尔，　勖哉夫子好为之。
欧风美雨来何骤，　买椟还珠亦无救。
一鼓长风环一球，　海声岛色携两袖。
归来一呼如登高，　雨遍天下不崇朝。
何似株守州如斗？　日为太府供奔走。

注释：

①东寅先生：禹州知州曹广权，字东寅，湖南长沙

人，清末进士，所操学术上承曾国藩。1901年莅禹任职，此时卸任，赴日本考察新政。

②庞士元：汉末名士庞统，字士元，号凤雏先生，本为王佐之大才，却曾在刘备处屈任小小县令职。此句以庞士元喻曹广权。

③骊歌：离别之歌也。李白《灞陵行送别》："正当今夕断肠处，骊歌愁绝不忍听。"

④唱许唱邪别无人：许、邪：音虎、牙，均为象声词。《淮南子》："今夫曳大木者，前呼邪许，后亦应之。"此指王与曹二人赋诗唱和也。

⑤请市骏骨自隗始：燕昭王筑黄金台以招贤士，郭隗遂讲一"千金买骏骨"之寓言故事，且曰："王欲招贤，请自隗始，则贤者必成群至。"后果然。见《战国策·燕策》。诗人曾被曹广权征召入幕府，襄助变法，故云。

⑥幕燕堂雀：喻危状也。丘迟《与陈伯之书》："将军鱼游于沸鼎之中，燕巢于飞幕之上，不亦惑乎？"

朱仙镇旅店壁上咏古诗，多以秦桧影照李文忠，此大不然。诗以驳之

朱仙镇上诗数首，　笔端凛凛自生风。
各奋锷舌诛贼桧，　舞剑意在李文忠[①]。
文忠岂与贼桧伍，　小儒耳食原不通。
君不见鉴帅威望满国中，庚子督师光熊熊。

张春发陈泽霖夏辛酉万本华皆麾下，
殷浩[2]时名竟无功。
平生自负今何在？　卒使国门血流红。
联军不退可奈何？　独仗合肥一老翁。

注释：

①李文忠：清末军机大臣李鸿章，合肥人，谥文忠。丧权辱国的不平等条约，多为李经手签之，故国人以秦桧目之，其实代慈禧而受过也。

②殷浩：晋代长平人，字深源，有大志，以恢复中原为己任，兵败，被桓温弹奏罢职。后桓温欲任其为尚书令，殷踌躇不答，二人断绝交往。

赠葛丈[1] 并序

葛生霖圃，翠叟先生之犹子，玉山先生之哲嗣也。早年从余游，今用学堂毕业例奖岁贡，乡里贺之，邀余一言。余以为非两先生意，亦非霖圃所自足也。既不获辞，姑托答赠劝勉之义，作长歌一章，供两先生一哂，并示霖圃以为何如？不敢虚谀，相期者厚，惧亵也。

我年舞勺登龙门[2]，后堂丝竹春风温。
奇韫未施天留报，　祖武绳绳发文孙。
君家兄弟不可当，　三珠玉树耀琳琅。

白战从不持寸铁，　飞颖各已锥脱囊。[3]
庭前一例皆芝兰，　就中阿九是惠连[4]。
收拾聪明入敦厚，　崭然头角佳翩翩。
早年读书立志高，　久将尘氛轻秋毫。
风风雨雨名山业，　暮暮朝朝一卷劳。
用力既极时乃通，　天家例不负人功。
占小善者率以录，　名一艺者无不庸。[5]
于今世论翻前案，　科举科名人轻贱。
况我本是腐败流，　心欲誉君恐君厌。
誉且不能毁何敢，　我有一言君须勉。
自昔贡士[6]称明经，通经致用前程远。
我国抡才法最久，　德行道艺何弗有？
倭习欧风只皮毛，　且莫千金珍敝帚。
天下惟有虑始难，　此邦此事皆迁延。
挺然独欲争捷足，　果尔先着祖生鞭[7]。
人生一衿岂易得，　生憎贫贱作骄态。
男儿入世要发舒，　不借衣冠终羞涩。
稽古桓荣[8]果有荣，衣锦谁复肯夜行[9]。
一帆风顺九万里，　立看天池鲲化鹏[10]。

注释：

①禹西之东炉村葛氏，与角山先生为世交。上有葛时芳，字桂亭，乃角山之师也。中有翠生、岚光、玉山昆仲，乃角山之师兄弟也。下则霖圃，为角山之弟子也。

②龙门：《后汉书·李膺传》载“膺独特风标，以声名自高。士有被其容接者，名为登龙门”。后称科举登第为登龙门。此句指作者投师于葛时芳门下事。

③“白战”二句，前句典出苏轼《聚星堂雪诗序》，谓欧阳公作守时，雪中约客赋诗，禁体物语，于艰难中特出奇丽。诗曰：“当时号令君听取，白战不许持寸铁。”后句“飞颖”状笔豪飞舞，“锥脱囊”语出《史记·平原君虞卿列传》，“贤士之处世也，若锥之处囊中……使遂早得处囊中，乃颖脱而出”。此乃成语“毛遂自荐”、“脱颖而出”之出处。

④惠连：南朝山水诗人谢灵运（康乐）之弟谢惠连。李白《春夜宴桃李园序》：“群季俊秀，皆为惠连”。此代指霖圃。

⑤“占小善者”二句：以韩愈《进学解》成句入于诗，然而天衣无缝，亦称妙思。庸，乃用字之通假。

⑥贡士：明清科举制，举人参加会试，考中进士者。

⑦先着祖生鞭：晋代名将祖逖，与刘琨为挚友。刘琨曾言：“吾枕戈待旦，志枭逆虏，常恐祖生先我著鞭。”

⑧桓荣：汉代龙亢人，明经义。光武时拜议郎、迁太子少傅，明帝时仍事以师礼。

⑨衣锦谁复肯夜行：《史记·项羽本纪》，人劝项羽都关中，羽曰：“富贵不归故乡，如衣绣夜行，谁知之耶？”

⑩鲲鹏：喻志向高远之士。典出《庄子·逍遥游》。

涧香女士画帧内画桃花带竹，肇卿①得之汴厂，索题，应之

我昔手抄《读选楼》，悠然林下想风流。
待年旧有《棣华②集》，只解诗思不解愁。
况复神化悟丹青，驰誉无惭管道升③。
珍重零缣皆什袭，笔宣五色总写生。
眼明今得见才调，竹写丰神花写貌。
记取显皇新改元，画题辛亥即咸丰元年也。
字题灵飞真入妙。
会得之子正宜家，自将夭桃比年华。
几片不随流水去，一枝故作临风斜。
认是胭脂还是泪，女流心性多忌讳。
补入成竹取在胸④，怕人只道侬家媚。
不可一日无此君，每写两字只个人。
赢得凄凉岂改节，妆成雅澹更销魂。
桃耶竹耶总冷艳，一笔未落肠已断。
无言漫拟息妫⑤羞，有泪真成湘妃⑥怨。
我今读画感沧桑，人世各自有兴亡。
闻道红颜例薄命，那堪憎达更文章⑦？
涧香家学自外祖，母姨并是宣文⑧伍。
六法别寻第一流，耻囿故里两翁古。二句本作“六法分来华胄多，薪传妙得奉常古”，嫌与画意不合，改作此。两翁谓奉常烟客、廉州元照。梅村《观王石谷山水图歌》一时儒雅，高江东气韵，吾推里两翁师

授，虽真肯沿袭，后生更自开蚕丛。

君舅五马来颍川， 择婿车随孝廉船。
画楼近接钓台[9]起，此邦宜住玉天仙。咸丰初年，涧香君舅程公佶时知禹州事，涧香来归。

佳耦五载洗红妆， 翡翠零落厌笔床。
前似桃花后似竹， 一画作谶定阴阳。
从来寄趣皆写真， 流露无心似有心。
不放绚烂何入世， 为能潇洒才出尘。
浓着淡着巧结束， 领取啼红又惨绿。
千点散留万种愁， 一竿清抱九仙骨。
间看桃花识人面， 看竹依稀清节见。
春依旧笑夏生寒， 长安女儿真活现。
画中有人呼不出， 我比浊玉更浊物。
莫挂高堂之素壁， 请遗细君[10]贮金屋。

注释：

①陈嘉桓：字肇卿，禹州文化名人，与王棽林、田春同共被推许为“禹州三杰”。

②棣华：指兄弟。典出《诗经·小雅》。《棣华集》亦涧香女士诗集。

③管道升：元代女画家，为赵孟頫之妻。

④成竹取在胸：语出苏轼《文与可画筼筜谷偃竹记》，“画竹必先得成竹于胸中”。

⑤息妫：春秋时息侯夫人，为楚王所夺，终年累月，不言不语。

⑥湘妃：帝舜之妃娥皇、女英，痛帝南巡不归，泪滴湘竹成斑，投水死，为湘水之神。

⑦那堪憎达更文章：化用杜甫诗："文章憎命达，魑魅喜人过。"

⑧宣文：前秦苻坚时，太常韦逞之母宋氏，号为宣文君，精于礼乐，为苻坚授生员百二十人。

⑨钧台：夏禹圣迹，在禹州。

⑩细君：《汉书·东方朔传》注："细君，朔妻之名。"此借指陈嘉桓之妻。

葛氏阖家乐撮影

生遘阳九[①]感沧桑，天荆地棘总断肠。
眼底忽逢武陵稿， 引我腐儒作渔郎。
图中之人皆仙子， 桃花流水境异常。
都君高坐重庆堂， 左右一双配英皇。
其下鸳鸯七十二， 罗列二女灿成行。
关关雎鸠螽斯羽[②]，不为《周南》[③]真面墙。
芝兰玉树阶前满， 誉儿有癖定非狂。
乐府歌宜三妇艳， 挟瑟织绮兼流黄。
抱孙岁应四十九， 含饴弄瓦复弄璋[④]。
娇花欲笑争依树， 乳燕乱飞群绕梁。
赢得华封合三祝[⑤]，明月团圆春风香。

还君此图妒且羡，　写入汉洗大吉羊[6]。

注释：

①遘阳九：遭逢厄运。文天祥诗："嗟余遘阳九，隶也实不力。"

②关关雎鸠：关关雎鸠指夫妻恩爱。螽斯羽：指儿孙满堂。皆出于《诗经》。

③《周南》：《诗经》篇名，为周地民歌。

④含饴弄瓦复弄璋：含饴弄孙，谓年老自求怡适。俗称生女为弄瓦，生男为弄璋。

⑤华封合三祝：《庄子》：尧游于华，华封人祝尧多寿，多富，多子，称华封三祝。

⑥吉羊：羊，古祥字。至今仍以羊象征吉祥。

昌黎[1]颂

国子先生才子祖，　诗也大家文也古。
左有柳枝为君歌，　右有绛桃为君舞。
谀墓得来且为乐，　送穷不去抑何苦。
衡岳浓云从心开，　潮州毒鳄奉命逐。
更掉三寸不烂舌，　说倒庭凑作死虎。
七岁读书早知名，　擢第春官二十五。
偶向贵人呼感恩，　知己两字非轻吐。
世无孔子不称师，　古如孟氏差足伍。

自有大名垂宇宙，　俯视宋后如苴土。

不幸一篇作《原道》，崇祀庙庭跻邹鲁。

攒眉愁啖上丁[2]豚，　掩耳畏闻大昕[3]鼓。

吁嗟乎！

与谓学道宁学仙，　久有湘子[4]度痴叔。

注释：

①韩愈：字昌黎，唐代古文大家，诗人。韩愈曾任国子监祭酒，相当于最高学府之校长。其作品有诗中提及之《谒衡岳庙》诗，《原道》、《送穷文》、《祭鳄鱼文》等。后世祭孔，曾将韩愈列为陪祀之一。

②上丁：农历二月、八月上旬丁日称上丁，为祭孔之日，亦称丁祭。

③大昕：日初明也。《礼》：“天子视学，大昕鼓，以警众也。”

④韩湘子：为韩愈侄孙，神话中八仙之一。

和黄蓉石《痲疯女词》

女，粤人，以痲疯入妓。有眷之者定情，女却之。客去，女投水死。

章台[1]柳絮白欺雪，道旁女贞树高绝。

传闻碧玉出小家，　命如春冰性如铁。

三十六楼醉流霞，　艳色都将疯女夸。
一顾倾城再倾国，　衣裳想云容想花。
飘零病叶留不住，　落红竟随流水去。
临风涕泪每双垂，　镇日琵琶只一具。
阿母爱钱不爱儿，　蕉萃瘦损旧腰支。
一奁秋水娇啼眼，　几曲春山妒画眉。
何事萧郎[②]乐锦城，风流孽冤得卿卿。
三月烟华真无赖，　五陵裘马大有情。
腰缠万贯非关重，　斛量珍珠奚足奉。
柳带学打同心结，　背人偷向可儿送。
罗襦系赠感缠绵，　妾自负君君应怜。
双安红豆玲珑骰，　一柱华年五十弦[③]。
豆蔻含胎颜遽槁，　海棠独睡愁盈抱。
一夜裙带解不开，　月明半床春色恼。
罡风吹散野鸳鸯，　惟留孤月照孤房。
前身忆是水仙来，　还入深深作故乡。
骨香定有神龙守，　魂孤应与孝娥[④]友。
出泥不染开白莲，　结丝未断雪红藕。
烛泪替人亦枉然，　把酒难问有恨天。
谁道青楼少芳节？　蛾眉自古无尽缘。

注释：

①章台：战国秦所建之台，后泛指华宫也。

②萧郎：春秋时秦穆公之女弄玉，与萧史结为伉俪，

善吹箫，引来凤凰，载二人升仙。此指诗题中之眷客也。

③一柱华年五十弦：化用李商隐诗："锦瑟无端五十弦，一弦一柱思华年。"

④孝娥：汉代孝女曹娥，为救父死于江中，邯郸淳撰写碑文。蔡邕读其碑，乃题曰："黄绢（绝）幼妇（妙）外孙（好）齑臼（辞）。"

卷三　七言古（二）

孙知事符卿暨配范夫人五十双寿，并三公子合卺双喜诗 并序

乐陵[1]孙公为禹三年，民气大和。岁在丙辰季春七日，与德配范夫人五旬双寿，复为三公子花烛双喜。禹之人士，德公之行而侈公之祜也，责棽林为文以征之。棽林学从《南华》，言多荒唐，自用我法，公其许我乎？忆禹于癸丑五月陷城，善后为难。大府为地，择人推毂[2]健者。公从街市灰烬中下车，竹马喧阗，迎来福星，牛刀所指，欃枪[3]立化。先是禹有自治团之设，本期星罗棋布，纲举目张，奈横目短视，从违未一，徙薪[4]不豫，招此焦烂。公至，乃因而用之，补疏成密，移缓就急，毻筒削名，赭裾污号，驱鳄咒虎，疑鬼疑神。行之期年，枹鼓稀鸣。自是专意抚循，务为安静。凡狱不求其深，有情必得其尽，假人辞色，虚与委蛇。彼且为婴儿，亦与之为婴儿；彼且为无町畦[5]，亦与之为无町畦。盖善通民隐，即善作民爹。二年以来，日渐无事。携琴跨鹤，卖剑买牛，六房如水，一县是花，山亭置酒，野寺寻碑。见者羡此仕隐，闻者惊为仙吏，始之苻泽，久乃桐乡[6]矣。初公负米长安，行歌燕市，日下旧闻，澜翻舌底，最喜交游。上自贵胄名流，下至江湖方技，皆各得其意而去，用能烂熟世故，洞达人情。子路所谓“何必读书然后为学”者，于公益信。公之盛事，尤在天伦，客夏迎养太夫人，出对子民，久呼大老，入依慈母，犹唤小名。人生此乐，何修得之？范夫人之生具有禄相，公初许聘夫范氏女，纳采[7]之夕，女父违言。范翁曰：“如陈平者，岂长贫贱？”遽以夫人字

王洪涛　作

公，由今验之。隗既宠贵当时，伦亦有名于世，而悔婚之女反倚市门，岂匬𠤳司中故作此狡狯，抑以见苟无其德，福不虚受也！昔朱翁子卜[8]年五十富贵而妻不能待，公则未艾服官早如罗敷之意。十五府小史，二十朝大夫，三十侍中郎，四十专城居，为人洁白皙，鬑鬑微有须，宁为夫子妾，不作凡人妻，故宜为公诵《关雎》，并宜为夫人颂《樛木》[9]也。今且公与夫人合歌百年，卜吉三月，并显夫妻之尊荣，更完父母之心愿。此诚天佑，非可人求！每美随园先生自寿诗曰："欲为迟郎赋感婚，即将此日卜良辰。蟠桃会上看新妇，玉镜台边祝大椿。白发妆成三女粲，好风吹满一家春。画梁乳燕双飞处，添个堂前问字人。"公之神仙眷属，悉与小仓山符，则先生旧咏即作公佳谶矣。今更撰奉新诗一章，虽非善颂，幸无溢美，聊申民敌，能令公喜，藉以侑觞，等之优俳云尔。

大乔夫婿[10]真英雄，家庆图留天绘工。
聪明久膺神君颂，　又学痴聋作阿翁。
佛心现得宰官身，　仁风扇处便为春。
罄竹难将功德写，　聊比野人自献芹。
披星出入巫马期[11]，赤子弄兵遍潢池。
即今三年须报政，　早是鸣琴坐理时。
驱避阳鲚[12]少掣肘，得十一人事作友。
望见白马识使君，　阡陌惯饮乡人酒。
抚字催科总苦辛，　为上为下须平分。
太平时节明月夜，　更无小犬吠花村。

久偕幸民登春台，　种秫安排佳酿开。
竭来更作十年计，　南国甘棠手自栽。

日来督民种树。

内谯常设吴兴守，　东厢对饮亦三斗。
眉怃遍传京兆[13]张，家法合拟仆射[14]柳。
捧檄原自为养亲，　迎来板舆似安仁。
戏彩亭前衣双领，　佩服鱼绯[15]簇蝶裙。
于今令妻作寿母，　又将金钗赐阿杜。
百花齐日开琼筵，　三妇艳歌续乐府。

公室内三夫人。

幼作鸳鸯晚作仙，　锦瑟华年五十弦。
为儿解说三句梦，　老比肩随小比肩。
今年三月春未暮，　东皇[16]留得韶光住。
夭桃灼灼迟作花，　直过清明红满树。
南极星朗照银河，　牛女早应七夕过。
中妇镜边诗人语，　春月胜如秋月和。
公子窈窕世无双，　信如媒言第三郎。

古诗：县吏遣媒来，言有第三郎，窈窕世无双。

亲迎骑得青骢马，　钿车尚作女儿妆。
大家风范仙子流，　小字金兰名莫愁。
鬓边钗是连双凤，　坐倚海棠好上头。
妇似公休更有情，　夫追彦云早知名。
四德百行全无愧，　红罗帐缀合欢铃。
催装诗付金花笺，　殷勤待晓拜堂前。

小姑预将食性报，　羹汤须水是廉泉。
何以祝姥如月恒，　何以祝公如日升。
才过修禊初写字，　奁匣真帖总兰亭。[17]
其新孔嘉旧如何[18]，万年枝上喜鹊多。
好与笠湖循故事，　重烧华烛沸笙歌。
刘纲夫妇道同修，　向平婚嫁[19]志全酬。
令君船上梅花眷，　便有民衣绣邑侯。
闲取鹤龄一一算，　伫看蟢子双双现。
飞龙引与求凰曲，　全家人在周南传。

注释：

①乐陵：县名，在山东省。乐陵人孙希贤，字符卿，时任禹县知事（县长），禹地治安状况好转。

②推毂：指推举人才或助人成事。

③欃枪：彗星之别名，代指兵灾。俗云：天上出彗星，地上见刀兵。

④徙薪：成语曲突徙薪，谓淳于见邻人灶直突而旁有积薪，乃劝其宜曲突而徙薪，以防失火。邻人不听，后果有火灾。

⑤町畦：田界，喻规矩、仪节。

⑥苻泽，荒凉之状也；桐乡，县名，在浙江省，汉代朱邑曾任职于此，政绩卓著，深得民心。

⑦纳采：即行聘，男方具送礼物到女方求婚。

⑧朱翁子卜：汉代朱买臣，出身贫寒，樵采为生，其妻不堪求去。后为会稽太守，其妻又求续前好，朱不从，

妻愧死。见京剧《马前泼水》。

⑨《关雎》、《樛木》：皆《诗经》篇名。

⑩大乔夫婿：孙策之妻称大乔。因孙符卿姓孙，且有英雄行为，故以孙策代指孙符卿。

⑪巫马期：巫马，复姓，孔门弟子有巫马期。

⑫阳鲚：即白鲦鱼。

⑬吴兴、京兆：皆地名。吴兴在浙，京兆在陕。

⑭仆射：官名。唐宋时期，左右仆射掌相权。

⑮鱼绯：唐代为官之符契，以绯鱼袋盛之。宋代因之，常垂于公服之带。

⑯东皇：司春之神，又称青帝。

⑰“才过”二句：王羲之《兰亭集序》：“会于会稽山阴之兰亭修禊事也。”

⑱其新孔嘉旧如何：化用《诗经·东山》之句，“其新孔嘉，其旧如何？”但无原诗之意，只在引出下句。

⑲向平婚嫁：向子平，东汉朝歌人，儿女婚嫁无不遂愿。后人称儿女婚嫁事，则谓向平之愿。

于宅观赵文敏[①]《百马图卷》，归想其大意，赋赠为跋

古来画马亦无几，　曹霸韩干[②]相继起。
从此骅骝气凋丧，　天水王孙擅绝技。
一时四家推蒙元，　就中吴兴才更全。[③]

何论文章与经济，　自将书画重人寰。
书画并重信不群，　将画比书尤绝伦。
何处得来百马图，　绢素漠漠蹴沙尘。
画家流品写生难，　神骏之神又谁传？
驱来笔底真奕奕，　意匠惨澹成伟观。
大马都疑大宛种，　一一定荷汉皇宠。
轻蹄峻耳兼方瞳，　气象万千各斗勇。

四句又作：大马合是大宛种，千变万化齐斗勇，肥多意态瘦多姿，比似燕环各矜宠。

其馀小马无定形，　屈伸俯仰或喑呜。
铺张水草足游牧，　点缀仆圉并峥嵘。
合来百马总殊绝，　可怜能爱不能说。
即今汗血无功劳，　何不策画献金阙？
忆昔乘兴挥毫忙，　马向纸上皆轩昂。
沧桑三度多零落，　巍然一卷鲁灵光。
笑谓于君莫认真，　由来尤物不福人。
决计无如换小妾，　落梅歌里最销魂。

太白《襄阳歌》：千金骏马换小妾，笑坐雕案歌落梅。

叹观止[4]矣羡且妒，画中有诗何须赋？
聊作丹青引一章，　可许名从骥尾附。

注释：

①赵文敏：赵孟頫，字子昂，号松雪道人，吴兴人，元代大书画家，卒谥文敏。

②曹霸韩干：唐代著名画家，善画马。杜甫有《丹青引赠曹将军霸》一诗，表明曹霸与杜甫应是同时期人。韩干为曹之入室弟子。

③“一时”二句：绘画史上所称之元“四家”为黄公望、王蒙、倪瓒、吴镇，均不及赵孟頫诗书画兼擅，故诗云“才更全”。

④观止：语出《左传》，吴公子季札观乐于鲁而有观止之赞叹，言其所见尽善尽美，而无以复加。

悲歌示儿 丁巳七月作

我本乾坤一痴人，　廿年褦襶走风尘。
眼望宝山不得到，　荆棘拦路挂我身。
车轮半毁马蹄蹶，　满襟尘土满头雪。
举杯一歌《行路难》①，回卧空山看落叶。
病骨支离易感秋，　百感茫茫上心头。
浮生如梦梦中梦，　排日遣愁愁更愁。
由来人老更惜子，　娇女外孙入泉里。
忧能伤人岂寿长，　百年未满又不死。
犹有苦乐相牵缠，　熊儿骥子绕灯前。
六国相印竟何物，　不如洛阳二顷田②。
无端四方发志壮，　楚水秦山恣所向。
那知道路平安书，　只益门间朝夕望。

少年多是轻离情，　大器须知重晚成。
即今到处横江馆，　如此风波不可行。[3]
我原无可无不可，　待与儿曹脱缰锁。
红白堆成一片秋，　且坐家园数花朵。

注释：

①《行路难》：汉乐府歌题，后人多有拟作。

②六国相印：战国时期，苏秦以合纵之术游说东方六国诸侯，结成同盟，共同抵抗强秦，佩六国相印。然最终被刺客暗杀，故云“不如洛阳二顷田”之平安也。

③化用李白诗：“横江馆前津吏迎，向余东指海云生。郎今欲渡缘何事，如此风波不可行。”

东寅先生南园隐居，兹届六旬寿辰，奉诗为庆 戊午十二月

南极老人南园主，　平地开作神仙府。
万顷江田豁心颜，　日狎群鸥相尔汝。
贞元朝士已无多，　香山会里兴婆娑。[1]
二千里外门生长，　未能进酒且献歌。
同光中兴材惟楚，　传钵上与曾胡伍。[2]
文章独拜湘绮楼，　尽驱小儒避旗鼓。
独把一麾来颍川，　横卧赤子得晏眠。

士亲琴堂无讼事，　农乐田亩有丰年。
苍黄夺我使君速，　可怜民今知无禄。
不令竹马迎细侯，　徒教岛人识徐福。[3]
学探四裔早归帆，　书通三理[4]交推毂。
颇采秦仪征鲁儒，　欲合时变尊黄屋。官礼部时曾发书征集礼论。
四海一弟映清华，　兴龙地上早建牙。
太史翰林公子第，　状元宰相女儿家。
满眼庭阶都国瑞，　沿生芝草绕兰花。
一朝惊醒春婆梦，　数畦闲种故侯瓜。
年时天子下殿走，　交还金印大如斗。
浮家三见桃花开，　不辨仙源何处有。
梦中乞得指南车，　宝应湖畔且卜居。
苍狗变幻红羊劫[5]，人间何世付太虚。
感时续作冬青引，　手栽园里三千本。
其馀花木总清妍，　红藕香中容大隐。
头衔自署义熙民，　纪题甲子一编新。
且放群儿自相贵，　输与全家乐天伦。
即今得遂对床约，　每因风雨夜开酌。
典尽朝衣剩酒钱，　阳羡买田足春作。
大儿戏彩一蓑烟，　亲侍藜杖花圃边。
把得锄犁身手健，　无人知是玉堂仙。
翩翩幼子殊娟好，　更喜窗下嬉楚老。
问安多是未辨名，　掀髯笑与分梨枣。

句留湖山作主人，　一堂重庆笑语温。
大笔朝天无用处，　细书家集教文孙。
人生如此真可乐，　安用孤愤自刻削。
击碎竹石泣西台⑥，那救六州大铸错。
伊予小子更落拓，　日向深山采红药。
十年前是斗败鸡，先生初到禹，棽林上书言立学堂，时学章尚未定也。先生批词，勉以出艰入险，勿如斗败之鸡铩羽而遁云云，此壬寅春也。至丙午秋，棽林已知难退矣。　竭来灰心过南郭。
忆昔衙前看写经，　墨沈淋漓满公庭。
岂料士子今作贼，　赫蹄偷遍剩晨星。
共宝法书抵连城，　为见手泽念恩情。
颍滨巍存灵光殿，　三字标题坐春亭。
能令公喜令公怒，　报知民心总如故。
再约明年江南春，　去看杂花生满树。⑦
白日都为入世忙，　惟有闲中岁月长。
从此天下归大老，　水云泊处到羲皇。

注释：

①“贞元”二句：贞元，唐德宗年号。香山在洛阳龙门山之东，白居易晚年隐于此，号香山居士。此以白比曹。

②“同光”二句：同光中兴，指同治、光绪年间政局，其实这种所谓中兴只是相对咸丰时期的乱局而言。当时的中兴名臣曾国藩、胡林翼均为湘人，与曹广权同乡，故云。

③“不令”二句：竹马迎细侯：汉代郭伋，字细侯，曾任并州牧，有德政。后来再任并州，百姓欢声相迎。有

儿童数百，骑竹马欢迎之。徐福，秦皇时方士，求仙药不得，后隐于海岛。

④三理：谓儒、道、佛三家思想。

⑤苍狗变幻红羊劫：前人以干支纪年，凡遇丙午，丁未之年，皆有国难，因丙属火而色红，未为羊，故称为红羊劫。亦化用杜诗“天上浮云如白衣，须斯改变成苍狗”，言世事易变也。

⑥击碎竹石泣西台：谢翱，宋末遗民，曾追随文天祥抗元。文天祥壮烈殉难后，谢翱曾同友人一起，不顾元朝政府政治高压，于富春江畔严子陵钓台祭文天祥。他们以竹如意击石，慷慨悲歌，竟至竹石俱碎，感天动地。

⑦“再约”二句：化用丘迟《与陈伯之书》中“暮春三月，江南草长，杂花生树，群莺乱飞”之句入诗。

又代樊蓬仙先生[①]作

人世到今不成计，岁星避乱作游戏。
双鲤[②]衔来还少方，长跪快读南园记。
园中草木满垂路，直阅岁寒绿如故。
蟠根上古有大椿，环生芝兰连玉树。
尘劫浑不管沧桑，全家已泊水云乡。
烂熳百花红蔌蔌，空明一棹白茫茫。
有弟相与话联床，有子无复梦玉堂。
懒说春官行周礼，惯随夏日到羲皇[③]。

宝应湖畔武陵源，　修得眷属皆神仙。
每张家晏邀明月，　人间天上两团圆。
尽扫前尘落虚容，　兴来高咏动江城。
从此君平既弃世，　从此世亦弃君平。④
惟馀颍民受恩久，　百里口碑随处有。
东南客到报平安，　坐春亭上一杯酒。
矧予小子负眼青，　旧侍衙鼓谈听经。
十年不见见应笑，　萧然白发满头生。
别来无恙幸无恙，　两地遥遥一心向。
明春有约下扬州，　扁舟陪泛桃花浪。
只今满门慕才彦，　眉山⑤越后此仅见。
侑觞颂得老坡诗，　寒碧轩开寿星院。

注释：

①樊蓬仙：王氏之师樊海澜，字蓬仙，清末进士，延庆知县，禹北锡章里犊水沟村人。

②双鲤：指书札。《乐府》："客从远方来，遗我双鲤鱼，呼儿烹鲤鱼，中有尺素书。"唐人寄书，常以尺素结为双鲤之形。

③惯随夏日到羲皇：化用陶潜语："五六月中，北窗下卧，遇凉风暂至，自谓是羲皇上人"，言其隐居之乐也。

④"从此"二句：君平：古之善卜者。李白诗："升沉应已定，不必问君平。"

⑤眉山：苏东坡，四川眉山人。

附：东寅先生和韵

五藏莫遣侵国主，　醇醪不用陶丹府。
是心窍作秋虫号，　四海谁知有我汝。
我今入骨癖更多，　霜髭绮语相摩挲。
每逢佳句辄问法，　时复斗韵酣赓歌。
柏梁[①]创体音激楚，乐府[②]歌行分部伍。
才兼鲍照[③]自夕难，只闻李杜执枹鼓。
初唐派别流百川，　由来清丽总芊眠。
盘空硬语又一系，　韩苏相去三百年[④]。
王郎下笔神功速，　食古日进自耕禄。
自泛颍水识东坡，　追寻吴市逃梅福。
岁月不敌意峥嵘，　遗我羽书堆折縠。
平生有分胶投漆，　瞥见读破书连屋。
新诗钜制寄瑶华，　听如弦语发琴牙。
高山流水[⑤]成连坐，浮云孤凤颖师家。
又如食蜜中边甜，　回想晨鲜凝露花。
投我取携美且富，　不数桃李与木瓜。
词源吸向龙门走，　始信腹量容八斗。
隶事千篇无一同，　才人胸中靡不有。
忆昔蓬莱驾云车，　行吟赠言惜离居。
只今故纸红不褪，　谁云别泪酒樽虚。
去思亭[⑥]记歌兼引，袖中新出初写本。

但恐山石作人言，　无乃溢词疵有隐。
嗟我与子皆遗民，　眼前颜色无故新。
偶闻五声失宫律，　截竹欲问古伶伦[7]。
舟中敌国几连约，　禹甸于今足斟酌。
西方彼美籥翟闻，　夏声不竞鼓鼙作。
山云隐处化烽烟，　前望劫地白无边。
自焚即是不戢火，　先知何必叩金仙。
携酒快道江山好，　忧来不断令人老。
草间惟拔卷葹[8]心，海边安得如瓜枣。
我亦生日悬弧人，　夏时改闰乱寒温。
坐看甲子行年匝，　羞称苗裔轩辕孙。
诗来劝及行时乐，　磊魂频年半铲削。
翻学少陵[9]诗酒污，未觉长公[10]一念错。
此身况寄天地拓，　见性乃是长生药。
即此嘉谷去蝗螟，　不失有田犹负郭。
逍遥炳烛且温经，　偶然馀事写黄庭。
拄杖看云行冉冉，　脱簪临水照星星。
感子温意回春城，　十年得见多心情。
更愿携将颍川月，　印此空洞百坡亭。园中露亭署以百坡。
扁舟莫遇江神怒，　金焦两点容如故。
来时好趁瓜步潮，　归去同攀京口树。[11]
一篇酬答笑我忙，　伫盼明年春草长。
还带戏语背人说，　乡冥早日禅东皇。

注释：

①柏梁：诗体，汉武帝会群臣于柏梁台，创此体，每句七言，每句都押韵，一韵到底，句数不限。

②乐府：汉武帝所设音乐机构，除制乐谱、训乐工之外，还负责搜集歌辞。其所搜集并流传下来的诗歌，总称乐府诗。

③鲍照：南朝诗人，著有《鲍参军集》。

④韩苏：唐代韩愈，宋代苏轼，举其约数，二人相距约三百年。

⑤高山流水：《列子》载，俞伯牙弹琴，志在高山，钟子期曰："善哉，峨峨兮若泰山。"志在流水，子期曰："善哉，洋洋兮若江河。"钟子期死，俞伯牙痛失知音，终身不复弹琴。

⑥去思亭：曹广权任满去禹，禹人为建去思亭，王棽林作《去思亭记》。

⑦伶伦：黄帝时乐师。

⑧卷葹：草名，亦称宿莽，拔心而不死。

⑨少陵：杜甫，字子美，诗中常自称少陵野老。

⑩长公：苏轼为苏洵长子，人称其苏长公。

⑪"扁舟"四句：京口，今江苏镇江，与瓜州隔江相对，江中有金山、焦山。

又次韵酬蓬仙兼柬颍滨诸子

避地成仙太早计， 桃源之说供谈戏。

千古摩诘[1]一篇诗，独画渊明太元记。
南园一水疑无路，环溪纵棹都非故。
我来筑室混渔樵，千家不见攒云树。
长沙何处睨维桑，谁信颍滨吾故乡。
三犊载泉清裛裛，百身散影白茫茫。
昨宵斜月入我床，灯光吐芒喜哄堂。
烹鱼拾得双诗简，儿童奔走皆仓皇。
听说南园比仙源，诗中飘飘思欲仙。
共指风前唾玉落，宁知川上意珠圆。
颍川群秀搴朝荣，奈何冯晓楼方子俊逃化城。
得诗方笑得书哭，我心冰炭何由平。
与子十年别恨久，千尺深潭世无有。
居庸关带滴翠尘，留侯洞[2]送黄花酒。
转眼隋堤两岸青，布帆无恙[3]路初经。
梅花解识隔年约，桃涨先期春水生。
王郎经史针宿恙，近日趋味钻郭向[4]。
来解南华第一篇，补话东游三岛浪。
更愿提携如云彦，修禊此地会相见。
小山丛桂可留人，画川不是回车院。

注释：

①摩诘：盛唐大诗人王维，字摩诘，曾将陶渊明之散文《桃花源记》改写为诗歌《桃源行》。

②留侯洞：亦即张良洞，在禹州市颍水畔，禹州古

迹，相传为张良读书处。

③布帆无恙：《世说新语》顾长康自荆州沿江东还，与殷荆州书札中有“行人安稳，布帆无恙”语。

④郭向：郭璞、向秀。晋代郭璞曾为《庄子》一书作注。向秀为竹林七贤之一，亦曾注《庄子》。

和周石虞见赠原韵

雪消云散天如洗，　日影亭亭人未起。
枕上小奚[1]报诗来，直送佳句入怀里。
令我一读一惊奇，　知君有神出笔底。
镇日说鬼学坡仙，　又因爱月夜迟眠。
今朝寒将重衾恋，　梦中见君诗一编。
我梦未醒君诗成，　诗如风马脱鞍鞯。
邂逅何幸遇骚客，　情深桃花潭千尺[2]。
论交有道岂等闲，　都凭歌咏寄神脉。
年时吾亦爱吾庐，　为告春及事犁锄。
绿绕石塘有杨柳，　红连药圃待芙蕖。
相逢莫更呼学子，　相知久已认农夫。
羡君遍将江海渡，　天缘又就颍川住。
料得见山生隐心，　携手且入云深处。
花时同醉酒一壶，　投辖莫放高轩去。

注释：

①小奚：僮仆。

②情深桃花潭千尺：化用李白《赠汪伦》："桃花潭水深千尺，不及汪伦送我情。"

送孙思昉

寂寞乾坤一草亭，　强被人传问字名。
千秋王济识孙楚[1]，天才未许付乡评。
孙郎生多数斗血，　双悬慧眼照如月。
访道寻师正妙年，　掣书飒飒飘秋叶。
一入鸿都撼词坛，　国子先生授殷盘。
长安居罢知米贵，　五岳归来看山难。
无端颠倒作奇想，　且与樵牧共来往。
相逢直将小友呼，　论年讨取一日长。
朝朝暮暮伴登临，　雨雨风风话古今。
蓬莱文章建安骨，　芭蕉情绪海棠心。
眼底所见空馀子，　生年半百一遇此。
肯放老马且先行，　逊卿才过三十里。
我本支离笑此身，　与众异趣宁相亲。
居似赵佗无足语，　到来陆生日有闻。[2]
可奈深深蛙井底，　岂容久稽天下士。
忽因指痛便伤心，　游子衣凉秋风起。

耐过中秋即回车，　应及重阳早抵家。
不妨客舍谈明月，　不碍故园看菊花。
反从君鱼受道妙，　自将云山托啸傲。
此中语莫外人传，　路迷仙源未易到。③

注释：

①千秋王济识孙楚：晋代孙楚，才藻卓绝，爽迈不群。方其欲隐，语王济曰："吾欲漱石枕流。"王济曰："流安可枕？石安可漱？"楚曰："枕流所以洗耳，漱石所以砺齿。"盖作者与王济同姓，而诗中主人与孙楚同姓，自然有此联想。

②"居似"二句：赵佗乘秦末群雄逐鹿之时，自立为南越王，割据岭南。汉高祖因天下新定，无力南向，乃遣陆贾为使，予以承认，正式册封。

③陶渊明《桃花源记》中，渔夫离桃源洞时，洞中人嘱其"不足为外人道也"。渔夫出洞后，引人来寻桃花源仙境，"遂迷，不复得路。"后遂无问津者。

浚县孙君星章赴法留学，道汴留别摄影，共六人。其令侄思昉索题，应之

枚马去后二千年，　梁园宾客不复还。①
即今重遇风云会，　赋雪几多谢惠连。

传来新图有雅集，恰似竹溪号六逸[②]。
就中谁宾更谁主，各露头角数一一。
高谈动及大九洲，孙郎悟空乐西游。
记取宝书百二国，归来准拟作春秋。
君家阿咸真小阮，学得臣叔青白眼。[③]
惜别天伦感至情，分付骊歌故缓缓。
祖道[④]门外古吹台，旧雨今雨喜齐来。
黎阳同里问契阔，舞阳少年擅奇才。[⑤]
二子终日狎鱼雁，驱使飞腾如奔电。
往来寄书并寄心，莫愁欢会有离怨。
时来谁不夸身强，家鸡攀凤亦双翔。
却看熊儿幸无恙，误喜子由还对床。[⑥]
诸生信有相知乐，老我荒山长寂寞。
题罢新诗不见人，满林黄叶纷纷落。

注释：

①“枚马”二句：汉代枚乘、司马相如皆为梁孝王宾客，参与梁园盛会，赋以为乐。

②竹溪号六逸：竹溪，在山东泰安市徂徕山下。唐天宝年间，李白、孔巢父、韩准、裴政、张叔明、陶沔六人结社于此，号竹溪六逸。

③“君家”二句：晋代阮籍，喜怒无所隐于心，喜则以青眼看人，怒则以白眼看人。阮籍与阮咸为叔侄，均在竹林七贤之数。此处乃代指孙星章、孙思昉叔侄。

④祖道：古人饯行于途曰祖道。

⑤黎阳、舞阳：均为地名，在河南。

⑥误喜子由还对床：苏轼，字子瞻，苏辙，字子由。兄弟二人情同手足，相逢辄对床作彻夜之谈，曾发愿“世世为兄弟”。

梅芳先生[1]游汴，与禹士撮影嘱咏，勉应呈政

紫气东来[2]高烛天，道是排云出神仙。
尘缘偶遇大梁客，欢声雷动春风颠。
古礼争修士相见，求书踏破铁门限。
兴会一登景福楼，禹士谯先生于景福楼。
老成齐拜灵光殿。
少长合为二八升，各喜执鞭御李膺[3]。
分明一幅兰亭画，列叙时人病未能。
我因一步迟走谒，遂教全影小有缺。
指看十七座中人，圆如十七夜中月。摄影共十七人，在三月十七日。
回首宝应[4]泛湖槎，惟樊夫子[5]伴出家。
邂逅吹台独撰杖，可曾细问南园花？
郭郎良翰年少气偏壮，欲学子房椎博浪。
待教还须一卷书，忽逢老人圯桥上。
就中张生本裕初受经，曾邀父师垂眼青。

二方鼎新、鼎敏二杨桓林、汝砺万国宪朱庆昌马双庆，

通家旧梦记星星。

解福林李云汉程学让王化宣多后起，门墙远阴尽桃李。

由来长公与少公，　并有因缘结颍水。

寒家子维城弟凤林皆愚诚，棋从局外看输赢。

及今光风霁月下，　令人那得不羞名。

我落孙山空自恼，　强为著书去莫早。

冥鸿一举西复东，　珍重泥上留指爪。⑥

末四句又作：情知鸿冥青天表，珍重泥上留指爪，我落孙山唤奈何，强为著书去莫早。

注释：

①梅芳先生：曹广桢，字梅芳，曹广权弟，清末进士，曾任吉林省提学。

②紫气东来：传说周代函谷关令尹喜登关楼，见有紫气东来，喜曰："当有圣人至。"果有老子骑青牛而来。乃留之作《道德经》。

③李膺：东汉襄城人，风裁严整，为天下楷模。领导士林，与宦官集团斗争，被宦官所杀。

④宝应：曹广权曾隐于上海宝应之南园，今江苏省宝应县。

⑤樊夫子：樊海澜。见本卷前注。

⑥"冥鸿"二句：化用东坡诗句："人生到处知何似？应如鸿爪印雪泥。泥上偶然留指爪，鸿飞那复计东西？"

马营长宪周驻禹有年，今奉檄防汝，索诗赠别，漫应

将军伏波[①]之子孙，由来将种出将门。
四姓小侯[②]去千载，华胄遥遥英气存。
君家严君拥疆土，河阳桥上大旗舞。
帐下风云护儿郎，不数贾氏有三虎[③]。
君家弟兄不可当，就中白眉[④]称最良。
飞食鸢肩作火色，功名人识马宾王。[⑤]
一骑狎奔万山上，蛇矛十决又十荡。
靴尖蹴踏贼巢翻，屹然百里重保障。
即今虬髯正少年，无妨清狂自翩翩。
不记钧阳城上月，到来看过几回圆。
此际乾坤待谁整，此时众醉难独醒。
奈何天里爱良辰，乱离地中赏美景。
灵山香火结前因，誓扫潢池净烟尘。
偷闲琼筵坐花处，左排酒客右诗人。
一檄惊传别颍水，截鞭留镫思彼美。
我今戏作花卿[⑥]歌，桃里春风遍故垒。

注释：

①伏波：汉代名将马援，拜伏波将军，封新息侯。诗中马营长，即毅军统领马志敏，1916年率部驻防禹州，历

时一年，禹州之治安状况有所好转。本句称其为伏波之子孙，犹如杜甫称画家曹霸“将军魏武之子孙”一样，不必实有其事，只是增强诗意，营造意境。

②四姓小侯：汉明帝时，为外戚郭氏、樊氏、马氏、阴氏诸子弟设学，称四姓小侯学。当时外戚皆封侯爵，其子弟年幼，尚未袭封，故称小侯。

③贾氏有三虎：东汉贾彪，字伟节，兄弟三人并有高名。时人语曰：“贾氏三虎，伟节最著。”

④白眉：蜀汉马良，字季常。兄弟五人并有才名，因马良眉间有白毛，故乡人称：“马氏五常，白眉最良。”

⑤鸢肩，谓人两肩上耸如鸢也。马宾王，即唐马周，字宾王，深得唐太宗器重，《唐书》有传。

⑥花卿：唐蜀地名将，杜甫曾作诗颂之。

县长郭君将别禹，索诗，漫赋赠别

南郭先生道行高，　岂因斗米轻折腰①。
弦歌原为三径资，　不惜割鸡用牛刀。
退食日赋思归引，　宠辱何足置一哂。
争奈无地可买山，　强颜聊复作吏隐②。
自小高选列明经，　师法远继鲁两生③。
一檄钧台飞凫至，　正值百里苦用兵。
令公家世由来旧，　豪富直与石王斗④。
即今牙笏犹满床⑤，故应遥遥称华胄。

化从佛身现宰官，思度众生大合欢。
好是一片颍川月，自取洗手照心肝。
眼空天海官为戏，平分催科与抚字。
馀技还足了十人，始信君子有不器。
筝笆哄耳久不清，忽闻承平雅颂声。
单父琴堂只安坐，愧杀巫马野见星。⑥公善弹琴。
乐府屯田号三变，红牙教唱杨柳岸。
特地一腔大江东，吹入铁笛关西汉。⑦公善唱歌。
千古河山战一枰，宛似开封阮茂弘。
县侧告急等闲事，局中打劫正关情。公善围棋。
快意当前无过酒，野老争席可八斗。
环山欲建醉翁亭，合拟滁洲贤太守。⑧善饮酒。
官如传舍不成家，流连桑宿怨行车。
怪底潘鬓衰残早，竭来看足河阳花。
处世太洁易招忌，多君藏晖甘退避。
全抛闻见学老僧，小镌印章署俗吏。
如今民爹信难为，横与混沌添画眉。
水落石出识公道，动而得谤名亦随。
三年作得和事老，报绩端宜书上考。
一举鸿轩远莫攀，可能回顾雪中爪。

注释：

①斗米折腰：晋陶渊明曾为彭泽令，不肯为五斗米折腰逢迎上司，乃赋《归去来兮辞》，辞官归隐。辞中有

“三径就荒，松菊犹存”之句。此指县长郭曾亮离任还乡。

②吏隐：以为吏作为隐居的方式称吏隐。古称“大隐隐于朝，中隐隐于吏，小隐隐于野”。

③师法远继鲁两生：汉代申生善《诗经》，伏生善《书经》，皆为鲁人。

④豪富直与石王斗：晋代石崇、王恺，为富相斗。石崇胜之，最终死于富。

⑤牙笏犹满床：《旧唐书·崔神庆传》载其举家为高官，每岁时家宴，以一床置朝笏，重迭于其上。民间传为郭子仪事。

⑥“单父”二句：孔门弟子宓子贱，善琴，曾任单父县令。巫马期亦孔门弟子。二人先后治理单父，做法不同。宓能用人，轻易治之，巫马不善用人，事必躬亲而亦治之。

⑦“特地”二句：宋代柳永，号三变，婉约派词人。苏轼曾问客人：“我词比柳词何如？”客人答：“柳郎中词，只好十七八女孩执红牙拍板，唱‘杨柳岸晓风残月。’学士词，须关西大汉，执铁板唱‘大江东去’。”

⑧“环山”二句：欧阳修曾任滁州太守，作《醉翁亭记》，篇中首句为“环滁皆山也”。

南园先生游禹将归，赋送

一别花封十八载①，茫茫忽已渡桑海。

为恋三宿约重游，风景不殊人事改。

真人行处象应天，　道有德星照颍川。
季方持杖何磊磊，　长文著车更翩翩。
一声闻报先生到，　观者如堵齐色笑。
白发朱颜光酒杯，　争讶老年又还少。
底事喜极反伤心，　只因逝者不如今。
劳苦呼天痛呼母，　含情欲说泪沾襟。
清净斋居长春观，　庄严供奉灵光殿。
种树看成金城围，先生寓长春观，前为州时种树，今已长成。
求书踏断铁门限。
郭伋并州临故民，　坡公余杭认前尘。[2]
嫌他当官拘形迹，　输此浑然一家人。
乾坤扰攘一笔扫，　飘萧野服识遗老。
相见原为话桑麻，　贵人姓名都不晓。
今雨喜随旧雨来，兰封王舜钦偕肇卿、荔轩，自卫来禹。
班荆倾盖[3]各开怀。
记取钧阳添故事，　去思亭对洗耳台[4]。
多少名山待几杖，　是真面目应无恙。
谁放青犊阻游车，　嵩云箕日空惆怅。
满城风雨早闭门，　画角喧阗彻夜闻。
传说霸上直儿戏[5]，不知谁是真将军。
无端楚歌四面作，　劫火飞腾寇氛恶。
欲依康成避黄巾[6]。闰五月十六日，忽闻快枪声四起，阖城惊惶，禹人纷纷多避入长春观。有湖北人，以先生德大，贼必不犯，偕伙来依。
急来争自抱佛脚。

信是有道浑不惊，　浩然气从集义生。
仓猝弄兵任赤子，　从容挥翰写黄庭。
子房借箸筹必中，　绕朝赠策谋不用。
死灰难随大风扬，　野云仍含宿雨重。
补牢亡羊已为迟，　扫地借鲸更何支。
歌谣自尽风人义，　怨诽长留小雅诗。
回首侍侧方少壮，　日从琴堂学礼让。
月下不闻犬吠声，　当年人皆住天上。
荏苒两纪⑦俯仰间，军麾满地盗满山。
危邦竟自横身入，　了尽俗缘始是仙。
百年几场开笑口，　嘉会错过岂再有。
来日大难亦等闲，　眼前且快一杯酒。
何况师弟并成翁，　那堪骊歌⑧太匆匆。
纵教别恨终不免，　也应留待过秋风。
手把杂录正消夏，　忽动乡心急命驾。
恋此归期已有期，　真值一刻千金价。
月明有亏会有盈，　聊设痴想遣离情。
愿为圣氓受廛在，　早晚负耒寻旧盟。去年以禹乱未已，曾约往长湖垦植处，依居为佃。

注释：

①一别花封十八载：曹广权于1901年始任禹州知州，1905年离任，1922年重游禹州。所谓十八年之别，乃取其约数。

②“郭伋”二句：郭伋，光武帝时曾任并州（今太

原）太守，苏东坡曾为杭州太守，二人皆有政声。

③班荆倾盖：班荆，以荆铺地；倾盖，车盖相接。皆状其途中亲切交谈之状也。

④去思亭对洗耳台：洗耳台：禹州名胜。相传尧欲禅位于许由，许由认为有污其德行，乃以颍水洗耳，留此故迹。去思亭，禹民为曹广权筑。

⑤传说霸上直儿戏：参见卷二《庚子作感事诗》注。

⑥欲依康成避黄巾：汉末郑玄，字康成，经学大师，黄巾军亦敬之，诫勿犯先生。

⑦两纪：古以十二年为一纪。

⑧骊歌：骊歌，离歌也。李白诗："正当今夕断肠处，骊歌愁绝不忍听。"

郭君重九生日赋颂 代

天生福人信非偶， 借开寿筵作重九。
况是新赋《归去来》，定有白衣欢送酒。①
腹中空洞真海涵， 现身宰官本瞿昙。
我今登高钓台上， 满城风雨望江南。
自古恒言不称老， 羡君年华正美好。
掩映绿鬓插红茱②，豪情直出青天表。
君家兄弟不可当， 外列君侯内侍郎。
为感秋夜寻旧约， 偷闲海上一对床。君兄弟皆居上海。

乾坤茫茫尽反故，已走途穷又日暮。
闻把杭州作汴州，浪迹先游苏小墓[3]。闻君游西湖。
尚留真除在此间，君告假去未开禹缺。
苏诗佳句待追攀。
人未放归江北路，天教看尽浙西山。苏句。
更道吴中尚清晏，安排改官就南选。
剩粉零金爱六朝，桑下那复三宿恋。闻君将改官苏省。
争奈风云变态新，直道焉往能事人。
正当颍川思借寇[4]，忍不还我旧使君。
为人作计亦云可，福命由天不由我。
眼前一杯且开怀，醉卧篱边数花朵。
揭来应早定行藏，奉上词短意偏长。
有约官到中书令，重将寿考颂汾阳[5]。

注释：

①“况是”二句：用陶渊明事。白衣，指百姓。

②掩映绿鬓插红茱：旧俗，重九日皆饮菊花酒，插茱萸。

③苏小墓：《乐府解题》称，苏小小为南齐时钱塘名妓。墓在杭州西湖侧，后人题咏甚多，以李贺诗最著。

④颍川思借寇：东汉寇恂曾任颍川太守，有政声。后随光武帝南征，路过颍川，百姓遮道向光武帝请求，借寇恂再任颍川，光武允之。

⑤汾阳：郭子仪曾封汾阳王。

绍兴王家襄为其先府君卧山公百龄追纪征言，漫以长句应之 代

世间功名谁能久，　百年方为真到手。刘改之《送王简卿归天台》诗云：世事看来忙不得，百年到手是功名。

流传岂假良史辞，　公道在心碑在口。
君家严君富书山，　横读直下十行间。
学成墨家①赴人难，不惜千里越河关。
当时覃怀共城守，　云梯巍巍攻却九。
居然作客如作官，　羽扇一挥贼四走。
从此大名动中州，　拒蝗驱虎留歌讴。
为念功成身早退，　林下优游春复秋。
越今海内又扬尘，　再欲借寇②无此人。
惟有孝子永孝思，　事死如生亡如存。
追忆悬弧足百载，　依稀音容犹无改。
伫看水陆设道场，　别作老莱一戏彩。

注释：

①墨家：春秋末期墨翟所创学派，其宗旨为兼爱，能急人之难，扶危济困，不畏强暴，视死如归。或以为后世武侠，其思想基础乃本于此也。

②借寇：即颍川借寇，见前诗《郭君重九生日赋颂》所注。

蔚叟先生暨黄夫人六秩双庆献诗为寿

乞取江春入旧年，　吴门近事宴神仙。

并作谢家生日好，　梅正花开月满圆。寿辰腊月之望。

窃比閟宫[1]新颂鲁，拜呼令妻为寿母。

既多受祉须平分，　莫私天锡公纯嘏。

惯看南极是双星，　还独中宵存黄庭。

迩来更悟长生诀，　小窗《周易》即金经。先生久参道经，近更研《易》。

换就道装称道貌，　被氅戴巾浑入妙。先生辛亥后作道人装。

清心早拟老子老，　睹面犹讶少公少。

二苏名号各认真，　百坡亭上题墨新。

亦越中州来作客，　诗集应自署颍滨。先生辛酉春游汴，遂观于颍滨。

忆昔联翩起科第，　丝纶阁下参秘计。

金门[2]放出倚马[3]才，玉尺横量兴龙地。

转眼繁华一梦空，　江河日下顺流东。

惟有君家老兄弟，　岁寒并显后凋松。

风雨长遂对床约，　不记萍梗几漂泊。

自住东间爱南园，　招隐地留小山作。

义熙前事那堪说，　贞元朝士久衰歇。[4]

枰上战破旧河山，　壶中逃闲新日月。先生辛亥后转徙海上，甲寅，家南园迄于辛酉夏。

饥来驱去似陶潜，　为须卖字过江南。

新书几卷波罗密，先生壬戌夏为沪上某花园聘请写经。

现报三多福寿男。

人间何世一笔扫，　回向内室思静好。

从此佳耦快谈心，　永鼓琴瑟到偕老。

伊始倡随俨相庄，　鸳湖闺咏传芬芳。

刘宽[5]性度宁须试，不遣翻羹污严装。

兄公衙内谐宛若，　曾从钧台望嵩岳。

于今佳话留故民，　礼法犹并说钟郝[6]。夫人曾随宦兄公居禹州衙内，旋入京。

熏衣亲护早朝寒，　长安月好不独看。

几载松花江上住，　使君眷属总团圞。

递经桑海少安土，　老入吴下居鸿庑。

却窥眉案俭梳妆，　谁知三德旧家主。先生辛酉秋因避灾携眷到苏偕居。

《关雎》《螽斯》早征祥，《周南》传里人满堂。[7]

赢得问安浑不辨，　一颔便了郭汾阳。先生夫人皆仁厚，故子孙众多。

各自慈悲有宿根，　欢筵残冬四座温。

到此同修又同证，　法喜维摩佛两尊。

羲和授时已非旧，　连理枝随大椿寿。

直合八千岁为春，　六十年华今方幼。[8]

吴培中　作

注释：

①阒宫：静谧，幽深之宫。原书错为“闃宫”，应为“阒宫”。

②金门：金马门之省称。汉武帝得大宛马，以铜为像，立于宫门之外，因称金马门。后代指官署。

③倚马：晋桓温北征，袁宏倚马前草拟文告，顷刻写成七纸。后以形容文思之敏捷。李白文：“请日试万言，倚马可待。”

④义熙：晋安帝年号。贞元，唐德宗年号。分别为大诗人陶渊明和白居易所经历过的年代。

⑤刘宽：东汉华阴人，桓帝时为南阳太守，温仁宽恕，属下有过，但用蒲鞭示辱。

⑥钟郝：《世说新语》载王浑之妻钟氏，与弟王湛之妻郝氏皆以德行著，钟氏出高门而不亢，郝氏出寒门而不卑，时人称钟夫人之礼，郝夫人之法。

⑦“《关雎》”二句：《周南》，《诗经》所载周地民歌。《周南召南谱》：“得圣人之化者，谓之周南；得贤人之化者，谓之召南。”《关雎》、《螽斯》，皆其篇名。

⑧“羲和”四句：羲和，太阳神。此句言时光之流逝。大椿：《庄子》称大椿以八千岁为春，八千岁为秋。

肇卿[1]索诗书扇，漫赋

忆昔同学初相逢，　我尚未壮君成童。
世事苍黄一梦中，　君已非少我成翁。

比似上阳宫娥老，　小履窄衣原美好。
直到贞元不改妆，　犹然闲坐说天宝。[2]
人生如鸟各自飞，　中间乍合又乍离。
只今及尔同衰暮，　敢道分手易前期。
咄咄逼人寇盗起，　尽驱乡民入城里。
长春观[3]作翠微峰，指与易堂会诸子。
无事且来各谈天，　有酒且同醉花前。
莫遣他年归独处，　反悔今日未尽缘。
文人相轻习最恶，　彼此异同互嘲谑。
愿学赵孟善推袁[4]，　赠诗婉转留成约。谓瓯北随园。
君有史笔发幽光，　耆旧传多压襄阳。
更思编史都记事，　功德上追秀野堂。
我亦逢场随作戏，　不辞小技供同契。
时尝拜谷一字师[5]，焉用知雄待后世。
颍川风流歇千春，　重兴太丘旧德门。
默数平生几知己，　最难通家得纪群。[6]
昨闻太息论交友，　但求规过亦何有。
相关何是沮溺心，　早晚躬耕好结耦。[7]

注释：

①肇卿：陈嘉桓，字肇卿，清末拔贡。与王棽林、田春同（清末举人）共称“禹州三杰”。三人共同主修民国《禹县志》。

②贞元：唐德宗年号。天宝：唐玄宗年号。

③长春观：禹城之道观。

④愿学赵孟善推袁：袁枚，号随园，见卷二首篇注。赵孟著《瓯北诗话》，对袁枚甚为推重。

⑤一字师：唐代诗僧齐已《早梅》诗中“数枝开”，郑谷改之为“一枝开”，更见其早，齐已下拜称谢。人乃称郑谷为一字师。

⑥“颍川”四句：太丘，古地名。东汉颍川人陈寔曾任太丘令，故曰陈太丘。陈寔二子陈纪、陈群，父子并有高名。

⑦“相关”二句：长沮与桀溺是春秋末年的两位隐士，他们一同耕作。他们认为世道既然难以改变，就不必像孔子一样东奔西走地徒劳了。见《论语·微子》。

蓬仙先生属作诗书扇，谨赋

天生情缘信非偶，　知己感恩师兼友。
一弹指顷三十年，相交已三十年矣。老我两人已白首。
日月掷人不肯停，　故交落落亦晨星。
事过无痕了似梦，　约略为作忆昔行。
樊川当日横舍起，　邹鲁门成冠盖里。[①]
四方才彦如云来，　树满墙边皆桃李。
文宴开处各倾杯，　君为祭酒我奉陪。
时方清晏正年少，　此是人生第几回？
嗣后踪迹等琐屑，　太平庵地最怡悦。
并随流水看桃花，　同上高峰望明月。
一渡沧桑又几春，　移居喜遇素心人。

秀野园近长春观，　两家烟火自为邻。
后堂往往闻丝竹，　我如戴崇许放入。
几辈富虏空守财，　尘俗焉知神仙福。
自向仓山[2]老低头，依然人笔两风流。
百尺楼藏三妇艳，　五花马跨千金裘。
文章有神交有道，　一生天然相爱好。
不辞买丝绣平原[3]，更愿黄金铸贾岛[4]。
由今思前惜蹉跎，　由今思后乐几何？
且约花月共欣赏，　春秋佳日莫虚过。

注释：

①“樊川”二句：指当年樊氏开门授徒，弟子之多，冠盖相望，如古代之孔孟。

②仓山：代指袁枚。

③平原：唐代大书法家颜真卿，曾任平原太守，后封鲁公。人称颜平原或颜鲁公。

④贾岛：中唐诗人。其佳句“鸟宿池边树，僧敲月下门”，甚为韩愈所赏。此乃“推敲”一词之出处。

为易之书扇漫赋

忆昔我当弱冠年，　学道寻师志颇坚。
负笈担簦出门去，　与君并抵翟山[1]前。旧与易之同学翟山下。

洞天福地风物美，　四郊不闻有战垒。
读书声罢便谈心，　当窗浪浪听流水。时学舍为崖洞舍，临流水。
尔后云散随风流，　隔别倏经三十秋。
更为后会长春观，　惊心已是都白头。
慰得契阔又三载，　少壮情怀今未改。
日月掷人亦等闲，　不堪阅世有桑海。
惨淡风云会正长，　乘时得路各腾骧。
只剩陈人[2]无处用，著书作伴仰屋梁。
众中公然容顽固，　不向邯郸新学步[3]。
多君两足健且勤，　遍走山崖搜掌故。
供我落实好取材，　自惭削青无史才。[4]
先鞭并让陈夫子，　已成诗纪耀钓台。
吁嗟乎！
同学少年亡十九，　令人那不重老友。
嗣后离合定谁知？　且尽当前一杯酒。

注释：

①翟山：在禹州城西五十里。

②陈人，谓过时无用之人。

③邯郸新学步：《庄子》称邯郸人善步。有寿陵人远道来学，未成，而又忘其原有之步法，只好爬行而归。李白诗："寿陵失本步，笑杀邯郸人。"

④"多君"四句，指王氏纂修《禹县志》，扇主为其搜集史料之事。

荔轩[1]索诗，赋赠

日月掷人太匆匆，　与君共一老秃翁。
忆初定交两年少，　走马看花游泮宫[2]。
后来惟遇陈夫子，　三人一龙夸州里。
个中龙头应属君，　见者都已识龙耳。荔轩病聋，《困学记闻》孝皇问王季海曰：“‘聋’字何以从龙从耳？”对曰：“《山海经》，龙听以角不以耳。”
君家兄弟不可当，　连向月中折桂香[3]。
群从叔父并清发，　封胡阿大兼中郎。
科名到今未足说，　耳聋却有眼如月。
裒然述作足千秋，　宛似岭云自怡悦[4]。
盛业笺注遍群经，　牢笼汉儒继康成。
平分虎观通德论[5]，倾倒鸿都太学生。
况饶词藻比枚速，　笔底作声风吹木。
未妨对客自挥毫，　每为赋诗必刻烛。
砚田到处乐丰年，　日日检点买书钱。
万轴插高邺侯架，　百函装重米家船。[6]
供得君子成博物，　二月读尽三千牍。
能言人日邢生惭，　代答帝邱窦公服。
故应万虑付太空，　于今尚有晋人风。
持螯持杯仰天笑，　一生拍浮酒池中。
如此良友更老友，　落落那堪别离久。
只愁乱世莫藏身，　思作橘中对奕叟。

注释：

①田春同：字荔轩，号肥园，学识渊博，禹州举人，著作百六十卷之多。与王棽林、陈嘉桓并称“三杰”。

②泮宫：指古代的学校。旧称入学为入泮，即本于此。

③月中折桂香：科举时代，以登科为折桂。田春荣、春同兄弟均为举人出身，故云。

④岭云自怡悦：化用陶弘景诗：“山中何所有？岭上多白云。只可自怡悦，不堪持赠君。”

⑤虎观通德论：汉章帝曾与诸儒共集白虎观，讲论五经，由班固整理为《白虎通德论》，亦称《白虎通议》。

⑥邺侯架：唐李泌封邺侯，家多藏书，故后称书架为邺侯架。米家船：宋米芾、米友仁父子，皆善画山水，后人称其画派为米家山。米家船乃邺侯架之工对。

题思昉撮影，时在察哈尔都统幕

士别三日当刮目①，岂待经年脱颖出。
随己变化如神龙，许人驰驱共逐鹿。
羡君本是倚马才②，朅来睥睨上将台。
倒盾磨墨出奇计，横槊赋诗写壮怀。
激励男儿作南八③，暖如挟纩落飞札。
莫论攻围定取胜，自可拍手都笑杀。
从此檄文推孙搴，由天授下笔如椽。
岂曰能令公喜怒，一发多为箭在弦。

方当年少无不可，　虎头功名券操左。
将军幕里封书来，　何意使君犹思我？
我今思君不见君，　忽然对影疑是真。
好教识得东风面，　鼻间栩栩气生春。

注释：

①《三国志·吴志·吕蒙传》，吕蒙答鲁肃书云："士别三日即当刮目相待。"

②倚马才：谓才思敏捷也。李白《与韩荆州书》，"请日试万言，倚马可待。"

③南八：唐代名将南霁云，从张巡守雍丘，壮烈殉难。

逊卿[1]索诗书扇，漫赋

阳翟郭氏东汉旧，　衣冠遥遥称华胄。
明习法律初起家，　延庆都为宅心厚。[2]
苗裔千载越如今，　始信叶茂须根深。
城南读书勖腾踊，　粲粲门子独青衿。
羡君学道能守古，　不随流俗竞旗鼓。
已是素封比都君[3]，犹自笔耕事辛苦。
砚田正逢大有年，　门生争拜边孝先[4]。
蜗号小庐愁屦满，　莺出幽谷作乔迁。
我喜得邻日会面，　君累求书折门限。

临池妙入九成宫[5]，横舍趁起三清殿。
诲人不倦真良师， 抛却清福亦大痴。
莫如直撤皋比[6]去，长春观里共谈诗。

注释：

①逊卿：郭振铎，字逊卿，禹州人，曾参与《禹县志》纂修工作。

②首四句，据《后汉书·郭躬传》称，“郭世自宏后数世皆传法律，子孙至公者一人，廷尉七人，刺史二千石侍中郎将者二十余人，侍御史正监平者甚众。”

③素封比都君：不仕而富称素封。舜之所居，一年成聚，二年成邑，三年成都，故称都君。

④边孝先：东汉边韶，字孝先，以文学著名，才思敏捷，出口成章，曾授徒数百人。

⑤九成宫：在陕西麟游县，隋文帝所建，唐太宗复修之。唐代大书法家欧阳询，其代表作品为《九成宫》法帖，世人争效之。

⑥皋比：即虎皮。《宋史》载张载曾坐虎皮讲《易》，听者甚众。后见二程于《易》理更精，乃撤座辍讲。朱熹赞其勇撤皋比。

赠思昉 并序

思昉来禹，小住数日，别去索诗书赠。盖意不校诗与书之工拙，凡以写情云尔。近数月来，奚囊空尽。兹复勉强塞责，亦以黄金注者殙也。

戊辰暮春

几年君出佐戎幕，　鸿飞那顾踏雪处？
今年君归忆旧游，　故观又来看花树。
墙东桐华正红酣，　独馀庭槐古意含。
知君定下桓公泪，　树犹如此人何堪？[①]
昨夜梦中发奇趣，　与君击钵催联句。
醒看红窗不开门，　只恐放君随梦去。
颠倒痴思唤奈何，　总为会少别离多。
好将新咏寄明月，　千里共传兴婆娑。
黎阳人文擅名旧，　蠛蠓集并威宁寿。
君更挺生如积薪，　上覆卢前与王后[②]。
年少风流两鬓青，　法言奇字嬗云亭[③]。
请缨便欲系南越[④]，勒铭直拟过北庭[⑤]。
丈夫立功须及早，　智叩囊底已足了。
不妨横槊还赋诗[⑥]，不碍投戈即论道。
意气倾人赴恩仇，　真见淅米出矛头。
可忆饥驱宁夏路，　何如谳坐畏秋楼。
七圣皆迷谁先觉[⑦]，钧天烂醉听广乐。
窃从闲处见仙心，　乞取急来抱佛脚。思昉早年学道，近更学佛。
宦味无妨食马肝[⑧]，士元小试百里官。
老更亲人人方去，　何时还来看药栏？

注释：

①“知君”二句：晋桓温北伐，见向时之树，大非曩昔，深感时光之易逝，乃叹曰：“树犹如此，人何以堪！”众人皆为感动。

②卢前与王后：唐初王勃、杨炯、卢照邻、骆宾王，人称“四杰”。杨炯曾言耻居卢前王后。

③汉代大学者杨雄，字子云，曾著《法言》等书。其旧居人称子云亭。唐刘禹锡《陋室铭》：“南阳诸葛庐，西蜀子云亭。”

④请缨便欲系南越：终军，汉代济南人，武帝时曾诣阙，请受长缨，缚南越王归，世人壮之。

⑤勒铭直拟过北庭：后汉窦宪曾追击匈奴单于，直抵燕然山（在今外蒙境内），勒铭而还，后泛指立军功异域为燕然勒铭。

⑥横槊还赋诗：曹操南征，直欲气吞孙刘，乃横槊赋诗，以抒壮怀。东坡称其“酾酒临江，横槊赋诗，固一世之雄也！”

⑦七圣皆迷：黄帝访广成子于大隗，相随共七人，迷于途，遇牧马童子点化之。

⑧马肝：汉辕固与黄生争论汤武事于景帝之前，帝曰：“食肉不食马肝，未为不知味也。”盖因马肝有毒，不可食之，借以劝二人勿争。

包孝肃公[①]像赞

七尺之驱何昂藏[②]，垂绅正笏立朝堂。
方颐大口目精光，顶上有月面有霜。
凛凛虬须风前张，其气至大又至刚。
魑魅魍魉走披猖[③]，敬畏阎罗一瓣香。

注释：

①宋代名臣包拯，人称包青天，卒谥孝肃。

②昂藏：雄伟而有气度。

③披猖：犹言狼狈之状。

己巳秋暑赋为筱瑾书扇

忆昔避乱白鸡年[①]，钧城闲侍玉清仙。
长春观里开精舍，多士济济聚英贤。
一见呼君作小友，依门不觉立雪久。
众中有回日益亲，欣然朝诗又暮酒。[②]
转眼云散各风流，凭教投笔觅封侯。
男儿都夸班定远[③]，多君不薄马少游[④]。
竭来伴我近十载，相怜时复厚推解。
后堂只放彭宣[⑤]人，欲话深愁情似海。

注释：

①白鸡年：酉年属鸡，西方庚辛金对应白色，白鸡应为辛酉（1921）年。其年禹州地方土匪猖獗，加之旱灾，王氏曾同陈嘉桓、田春同三人赴省府请赈。

②“一见”四句：立雪，宋代杨时，拜师于程门，时值大雪之夜，时立于雪中，端然不动，传为历史上尊师佳话。回即颜回，孔子门下高足，世称“复圣”。

③班定远：东汉名将班超，封定远将军。

④马少游：汉将马援从弟。其志向淡泊，知足求安，无意功名。后世把他作为士人不求仕进，知足求安的典型。苏轼有诗云：“雪堂亦有思归曲，为念平生马少游”，“大夫行役家人怨，应羡居乡马少游”。王安石亦有诗云：“已知轩冕真吾累，且可追随马少游。”

⑤彭宣：汉阳夏人，善《易》，以明经入仕，哀帝时官至大司空，封长平侯。因王莽篡权而辞官。

卷四　五言律、七言律

五言律

即　事

去岁忧春旱，　今春雨苦多。
人穷看若此，　天醉问如何？
云障昏清昼，　风狂鼓大波。
愁来佯不省，　信口且长歌。

偶　成

尽日精神短，　中心思虑长。
文章难报国，　优孟[1]竟登场。
小草仍如故，　幽兰自在香。
睡魔倘招我，　永守墨酣乡。

注释：

①优孟：春秋时楚国伶人，诙谐善谏。见《史记·滑稽列传》。

光绪癸卯春间感怀诗二首

（一）

百事公私冗，长途几奔波。
文章成画饼，意气付烟萝。
阅世虚名厌，惊心噩梦多。
浮云看富贵①，尽好养天和②。

（二）

无是无非地，不寒不暖天。
晓风吹客梦，晴日照人眠。
经世谈何易？读书道则然。
宽中犹有酒，何惜杖头钱③？

注释：

①浮云看富贵：孔子曾言："不义而富且贵于我如浮云。"见《论语》。

②天和：天地间冲和之气。

③杖头钱：《世说新语》载，阮修常以百钱挂于杖头，步行至酒店则酣饮。后因称买酒之钱为杖头钱。

摅　怀

不成天下士，　人海一平民。
看月生虚籁，　居山隔远尘。
俗缘能解脱，　诗格爱清新。
消夏无长策，　酌杯聊贺贫[1]。

注释：

①贺贫：《国语》载，韩宣子忧贫而叔向贺之，认为他贫而不失其德，若能世积其德，则子孙必发达。其后世果为韩国之主。

有　感

事越常情外，　知[1]穷善虑中。
小溪生骇浪，　幽室起横风。
古谊更谁信，　阴机到处工。
任人皆吊诡，　且自守吾忠。

注释：

①知，通智。下接之“小溪生骇浪，幽室起横风”，皆出于意料之外，故云“智穷善虑中”也。

即　境

吟虫真有信，　秋至一山声。
得句还嫌俗，　闲心已似僧。
瀑飞新涨绿，　石绣老莓青。
自分成无用，　焚香读道经。

晤张罗明远①二首

（一）

当代推名下，　著书应等身。
一心惟爱国，　大义勖同人。
理本通中外，　学何分旧新？
钜公推毂②久，底事尚风尘。

（二）

匹夫皆有责，　国士③更怀伤。
守旧行多伪，　维新势已张。
自非真性血，　何以报君王？
补牢应未晚，　请为觅亡羊④。

注释：

①明远，楼名，作者另有《志明远楼题壁》一诗，乃

作于“癸卯春闱”期间。张与罗应该也是赴京会试者，故三人意气相投，纵论天下事，都主张变法维新。

②推毂：推动车轮使前进之。喻推举人才或助人成事。

③国士：举国称许之才士。《史记》：“若韩信者，国士无双。”

④亡羊：喻事后方采取补救措施。《战国策》：“亡羊而补牢，未为迟也。”

读《日本变法次第类考》有感

（一）

一姓家天下，久衰能崛兴。
生材多侠烈，立国信文明。
古籍存中夏，新盟协大英。
二程真有道，尽日谱东瀛。书为程恩培兄弟所编。

（二）

维新三十载，善政迈西欧。
几辈乘槎客①，长年跨海游。
采风知异俗，失水救同舟。
莫更持空义，春秋九世仇②。

注释：

①乘槎客：指海外留学或出国考察者。

②九世仇：纪侯曾谮齐哀公于周，哀公被烹。齐传九世至襄公，遂起兵灭纪国而复九世之仇。

访来嵩阁次肇卿韵

不见来嵩阁[①]，遗轩闻颍流。有砖砌若洞者名曰来嵩轩，疑即来嵩阁下半段。

额题花径渺， 指说草亭幽。数年前草亭尚在，悬小匾额题“花径”二字，今则无矣，亭亦半毁矣。

湖石犹横路， 松槐并撼秋。有太湖石六七块，倒卧一松，苍然一槐，老干岿存。雍正间，获嘉董大星作古槐吟即指此也。

此邦文献尽， 书缺向谁求？

注释：

①来嵩阁：《来嵩阁诗集》乃清代禹州人刘玉威诗集。王氏对刘诗甚为推崇，在其执笔主编的《禹县志》中，称刘玉威“古体淳厚真挚似靖节，五七言律清雅雄浑似工部，绝句飘逸隽爽似青莲”。此来嵩阁当是刘氏遗迹。

漫　咏

日月一壶中[①]，阔论齐物通。

三眠三起柳， 半死半生桐。

学道骑牛史[2]，知几失马翁[3]。
坐看名利客， 多少走途穷？

注释：

①日月一壶中：道教故事，相传施存学大丹之道，遇张申为云台治官，常悬一壶，内有天地日月，夜宿其内，人谓之壶公。

②学道骑牛史：老子乃周王室史官，后骑青牛西去，过函谷而著《老子》，为道家鼻祖，世称太上老君。

③知几失马翁：寓言塞翁失马，安知非福，以明祸福之相为倚伏也。知几，知晓隐微之大道也。

失 题 乙卯冬作

龟言此地寒[1]，真到奈何天。
先甲占三日， 仲壬闰四年。
黄粱原是梦[2]，锦瑟未须笺。
悟得盈虚理， 尘中自在仙。

注释：

①借用庾信赋“龟言此地之寒”，古以龟甲占卜。

②黄粱原是梦：《枕中记》中，卢生于邯郸道旅舍，自叹其命薄，有道士予一枕，乃入梦。梦中尽享荣华，醒来黄粱未熟，方悟贫富盈虚之理。

摅怀二首 丁巳七月

（一）

自然亦小隐①，敢曰贵知几②。
信道问谁是，扪心悔昨非。
喜看秋稼满，愁说故人稀。
连日足新雨，水云飞满衣。

（二）

我不知人趣，人谁肯我亲？
河山悲满目，骨肉念伤神。
难约魏三隐，愿邀元八邻。③
遽然成老大，霜雪鬓边新。

注释：

①小隐：古人称大隐隐于朝，中隐隐于吏，小隐隐于山林。

②知几：几，几微。由事物之几微端倪，便知其发展趋势与发展历程，即所谓见微而知著者也。

③“难约”二句：魏三，其人不详，可能是历史上姓魏行三的一名隐士。元八，唐代元宗简，行八，乃白居易诗友。白居易有《欲与元八卜邻》一诗。

闲 咏

人生原是梦，　何梦到如今？
满地没心草，　一天翻手云①。
无端蛇足画②，谁念象身焚③？
行矣看山去，　搔头对夕曛。

注释：

①翻手云：杜甫诗“翻手为云复手雨”，指人情变化无常也。

②蛇足画：画蛇添足，语出《战国策·楚策》，意指多事，妄生枝节也。

③象身焚：《左传》“象有齿以焚其身”，喻人之多才为累也。

戊午十一月十一日薛氏外孙乳名新道殇。既逾月始抑哀，哭之以诗

异家连骨肉，　嗟此可怜生。
钩起两年恨，自客春闰三月殇我外孙宪昌，夏四月又殇我次女瑞华，至今茹苦。
娇亲十月情。外孙生于客腊二十六日。
去魂尔何急？　哀泪我偏倾。

怪底仍昙现，聪明一似兄。新道既殇，族姻共谓此儿与宪昌无一不相似，其幼慧皆非常儿比也。

昆明池[1]织女石试律二首

（一）

织女来人世，昆明习战攻。
一池留胜迹，片石感秋风。
刻画情天破，汪洋泪雨濛。
为郎都瘦透，之子太玲珑。
桥鹊填秦树，波鲸荡汉宫。
顽心盟水白，巧孽堕尘红。
念姊团圆际，望夫浩渺中。
劫灰亲越尽，超渡遇生公。

（二）

石外昆明大，池边织女工。
三生魂有旧，七夕恨无终。
陨宋原星化，图滇正汉隆。
绉云眉未展，隔水语难通。
欲寄回文字[2]，须凭炼色功。
春波侵鬓绿，秋蓼妒裙红。
乌鹊填桥[3]否，铜人坠泪[4]同。

点头看是岸，别苦诉苍穹。

注释：

①昆明池：汉武帝元狩三年于长安西南郊所凿，以习水战。池周围四十里，广三百二十顷。宋后湮没。池中有牛郎织女二石人立中池的东西两侧。传云有女子送夫从军赴国难，送于此，立望而死，乃化为此石。

②回文字：前秦窦滔赴官上任，其妻苏蕙在家织于锦上八百余字，纵横反复，皆为文章，可读作二百余诗，称璇玑图。

③乌鹊填桥：引牛女鹊桥七夕相会事。

④铜人坠泪：汉武帝曾置铜人，持承露盘。后来魏明帝欲拆取之，改立于魏宫。据说铜人离开原地时，竟潸然泪下。唐李贺据此传说，作《金铜仙人辞汉歌》。

乙丑春初感赋

谁纵昆冈火，俱焚亦可怜。[①]
劫灰飞满地，妖气贯长天。
岂有烛之武[②]，更无鲁仲连[③]。
人酣争夺梦，已越十三年[④]。

注释：

①“谁纵”二句：所谓昆冈之玉，与石而俱焚，是年禹城

遭受兵灾，百姓无辜而遭横祸，故云。

②烛之武：春秋时期郑国人。秦、晋联军围郑，势急，烛之武夜入秦军，说以利害，秦军退，晋亦退。

③鲁仲连：战国策士，齐人，坚持合纵抗秦。为人侠肝义胆，多次为人排难解纷。李白赞之曰：“齐有倜傥生，鲁连特高妙……吾亦淡荡人，拂衣可同调。”

④已越十三年：民国肇建，至此十三年，军阀混战，国无宁日，故云。

山居雨后即景，集杜二首

（一）

雨洗娟娟净，　幽偏得自怡。
白波吹粉壁，　滋蔓匝清池。
乱水通人过，　归山独鸟迟。
薄云岩际宿，　北望转逶迤。

（二）

落日平台上，　长吟野望时。
美花多映竹，　细水曲通池。
稼穑分诗兴，　茶瓜留客迟。
溪行衣自湿，　步屧过东篱。

哭次子怡庵[1]四首 己巳三月

（一）

我不如青主，　汝偏似寿毛。[2]
山深宜学隐，人称戴东原为学隐。
日暇为诗劳。
总是性常淡，　因之名亦逃。
闭门且相乐，　人世岂吾曹？

（二）

毕世一知己，　况深骨肉情。
襟披风自穆，　怀抱月孤明。
惟汝全归受，　剩吾半死生。
依稀南室内，　犹是作吟声。

（三）

魂气游何地，　音容思杀人。
只吾增白发，　岂汝厌红尘？
来去谁悬解，　幽明不隔亲。
自今论行性，　无复此温醇。

（四）

聪明扬已少，　和厚感人多。
其奈文憎命[3]，故来病作魔。

自伤天宝乱，　多拟杜陵歌。④
不道苏公老，　先闻哭小坡。⑤

注释：

①作者次子王熙运，字怡庵，号潜夫，曾著《潜夫诗稿》四卷，《潜夫文稿》二卷，《读史日札》二册。年三十一岁，早卒。

②青主：傅山，字青主，明末遗民，书法家；寿毛，似为傅山之子。

③化用杜诗“文章憎命达”。

④“自伤”二句：唐玄宗天宝年间，安史乱起，持续八年，民死近十分之七。杜诗多作于此时期，亦多忧国伤时之作，盖血泪之凝成也。

⑤“不道”二句：苏轼次子苏过，人称苏小坡。

七言律

庚子八月，拳匪起事，悲时作诗二首 并序

庚子山《哀江南赋》①不减于《离骚》，特笔墨不一色耳。惟二句可为全篇之纲，“搢绅以干戈为儿戏，朝廷以清谈为庙略”。嘻，拳匪之乱，儿戏极矣！“子不语怪力乱神”，凡涉于怪力乱神者，不问其真伪，绝之可也。而

搢绅先生哄于四外之谣传，几欲褰裳从之，是真未读《论语》矣。而讲道学者自负为孔孟嫡派，作时文者，自信代圣贤立言。刘繇、王朗②各据州郡，论安言计动引圣人，今岁不战，明年不征，使孙策坐大，遂并江东。清谈之误事，古今同慨！

（一）

十万妖民起祸胎，　轮船拨浪四边来。
衅开白鬼③偿冤债，数到红羊飞劫灰④。
尽有汉奸能误国，　竟无天将敢登台。
战和两策知谁是，　凭仗君王自化裁。杜子少台见之，不解"化裁"二字之意，鄙意以清议多主战，实则非和不支也。

（二）

不信天兵能立功，　星飞羽檄自匆匆。
四燕⑤风雨号千鬼，三晋关山朝六龙⑥。
紫竹林中烟荡黑，　翠华辇外血流红。
双悬日月光明远，　破格恩荣赐上公。

注释：

①庚子山：南梁庾信，字子山，使于西魏，不得归江南，乃作《哀江南赋》。

②刘繇、王朗：均为汉末人，割据东南，被孙策所并。

③白鬼：指西方殖民主义侵略者。

④红羊飞劫灰：红羊劫，指国难，见卷三《东寅先生南国隐居》注。

⑤四燕：泛指燕京及其四周之地，乃与三晋对举而言之也。

⑥三晋关山朝六龙：韩、赵、魏三家分晋，自立诸侯，称三晋，地跨今山西、河南、河北三省。古以太阳喻皇帝，而太阳神之行，以六龙驾其车。此指八国联军入京，光绪西狩逃难事。

三峰山居

（一）

茅庐小隐乐山岑，　人海却无俗事侵。
红笠绿蓑生野趣，　淡云闲鹤有知音。
少年读史曾论世，　暇日吟诗为养心。
到处生涯聊自足，　微凉天气一披襟。时三峰煤矿大开，故次句有人海之说。

（二）

大块[①]浮云渺古今，何嫌入世老风尘？
默参天命难求富，　略晓人情巧讳贫。
有梦尚生家国恨，　无才且作水云身。
茶余功课等闲事，　一卷残诗养性真。

注释：

①大块：大块本指大地，有时也统天地而言之。李白《春夜宴桃李园序》有云："阳春召我以烟景，大块假我以文章"即是。

家居感事

诗囊久已扑征尘， 剩有砚田一曲新。
学作痴聋消客气， 莫教名利误天神。[①]
书生自古多无用， 中国如今尚有人。
日下新张经济榜， 尽空夹袋[②]定谁真？时朝廷开经济特科。

注释：

①"学作"二句：两句意指不听不闻，屏外物尘俗之累；不名不利，保自身天然之性。

②夹袋：宋吕蒙正为相，夹袋随身有册，凡遇人才，随时荐于朝，后世称人才为夹袋中人物。

读书有触之作

插足软红[①]三十年，囊空诗料更无钱。
交游惭似依人鸟， 心迹清于出水莲[②]。

倪海军　作

一卷残书消白昼，　六朝[3]家世旧青毡。
棋中黑白何须问，　舌笔生涯只信天。

注释：

①软红：犹言软红尘，谓繁华热闹。宋苏轼诗“半白不羞垂领发，软红犹恋属车尘”，并自注：“前辈戏语，有西湖风月，不如东华软红香土。”

②心迹清于出水莲：语本宋周敦颐《爱莲说》：“予独爱莲之出污泥而不染，濯清涟而不妖。”

③六朝：东吴、东晋以及宋、齐、梁、陈，均都于金陵，故史称六朝时期。当时之世家大族，以王、谢为最，故有此谓。

赴汴道尉氏旅店题壁

廿载劳劳走客车，　寸功未就鬓将华。
心伤辽左千军血，　指数汴南一路花。
万事目前战蛮触[1]，百年身后化虫沙[2]。
迩来深自悔形役[3]，诗里田园梦里家。

时日俄战争未定，有心伤辽左之句，盖深痛之也。

注释：

①蛮触：典出《庄子》：“有国于蜗之左角者曰蛮氏，国于蜗之右角者曰触氏，争地而战，伏尸数万。”讽

刺政治野心家，战争狂人之渺小也。

②虫沙：晋葛洪《抱朴子》云，周穆王南征，三军之众，一朝尽化。君子为猿为鹤，小人则为虫为沙。与所谓蛮触，同具讽刺之意味。

③形役：化用陶潜《归去来兮辞》："既自以心为形役，奚惆怅而独悲。"指形神颠倒，身不由己，行动违心。

留都怀古二首

（一）

满目萧条望秣陵[①]，弘光小劫本残枰[②]。
东林复社[③]清流祸，南部妆楼薄倖名。
故事桃花描旧扇[④]，新愁燕子演春灯。
福人已入传车去[⑤]，一水秦淮阅废兴。

（二）

残山剩水夕阳天，王气金陵只黯然。
妙选宫娥勤圣旨，恭呈院本侍经筵。
虱虮臣小百般媚，燕雀堂高一味憨。
愁杀兰成戎马后，何人为续《哀江南》[⑥]？

昔尝病平水韵不合古，故欲矫之，虽作近体诗，亦不甚

拘焉。既而悟作诗与讲韵是二事，凡近体诗宜以唐后宫韵为限，此二首押通韵非律法也，存之以志吾过。（自记）

注释：

①秣陵：即金陵，为南京之旧称，自明代始称南京，亦有留都之称。

②弘光小劫本残枰：明崇祯帝自缢于煤山，群臣南奔，拥立福王朱由崧称帝，年号弘光，史称南明。此时局面如一盘残棋，故云。

③东林复社：旧称正直的士人群体为清流，如明代顾宪成等所创之东林党，张溥等人所创之复社，都产生于同宦官恶势力的斗争之中。

④戏剧《桃花扇》，清代孔尚任之力作。作品以复社文人侯方域和青楼名妓李香君的爱情故事为线索，描写南明复亡之历史悲剧，以抒发其故国兴亡之感。戏剧上演，使明代遗老们“掩袂独坐”、“唏嘘而散”，可见其感人之深。

⑤1644年北京失陷，众臣拥立福王，于南京称帝，年号弘光。次年，清兵陷南京，掳福王北去。传车，驿站所用之车。盖福王被掳，必由传车递经沿途驿站解送北上，故本句之福人疑为福王之误。

⑥《哀江南》：指庾信《哀江南赋》，见本卷前注。

昔作留都怀古，心有未慊，更作二首

（一）

破除万事且流连，尽作呼星劝酒天。时王铎为福王书联曰：“万事无如杯在手，一年几见月当头”。

谶定一年终闰史，崇祯元年，五凤楼前获一黄袱小函，题云，“天启七崇祯十七，还有福王一”。祸成四镇各专权。

睡乡鼙鼓刘阿斗，亡国琵琶冯小怜①。

想到扬州阁部冢，梅花常艳月常圆。②

（二）

中山小女昆山男，都付琴边酒后谈。

钩党案新翻马阮，传家法旧杀胡蓝。③

几多眼泪重光恨，绝少心肝叔宝憨。④

自作倡来作后去，痴情苦忆影梅庵。董白字小宛，冒辟疆之姬，后入清宫。辟疆讳之，谓其死葬影梅庵，作忆语二千四百言哭之。

注释：

①冯小怜：刘阿斗乃蜀汉亡国皇帝。冯小怜为北齐后主之宠姬。

②“想到”二句：南明四镇，争权夺利，全不顾抗清之大局，阁部史可法苦守扬州，壮烈殉国，葬梅花岭。

③马阮：南明奸臣马士英、阮大铖。胡蓝：明开国功臣胡大海、蓝玉，无辜被冤杀。颔联谓国难当头，而马阮之辈，仍迫害忠良，自毁长城。

④陈叔宝：南北朝时南陈后主。李煜，字重光，五代十国时南唐后主，二人均亡国之君，均在南京被俘。

宣统元年九月十四日，闻日本伊滕博文被韩安荫接刺死，为诗吊之二首

（一）

斗大长星落远东，　蓦惊撼地起妖风。
浮云忽变成苍狗[1]，来日当难困白龙。
亡国魂还仍鼓舞，　将军头断自英雄。
破除万事无过死，　值得小奴敌上公。

（二）

盖代烈名一剑赢，　术疏端可笑荆卿[2]。
威权敢信人心死？　冤愤竟催马角生[3]！
得此匹夫同敌国，　自今霸主失长城。
世间报复谁能了，　为语龙蛇戒夜行。

注释：

①浮云忽变成苍狗：化用杜甫诗“天上浮云如白衣，须斯改变成苍狗”，喻世事变化之无常也。

②荆卿：战国末年之大侠荆轲，为燕太子丹刺秦王未成，壮烈牺牲。鲁句践深叹其剑术之犹疏。事见于《史记

·刺客列传》。

③马角生：燕太子丹为质于秦，求归去。秦王曰："乌头白，马生角，乃许归耳。"后太子丹逃归燕。

无题三首 并序

才人嫁为厮养妇，倡家立作君王侯：命也！奈何评文姬者，但伤其不遇？仆本恨人，不堪怅触，作《无题三首》，以贻知者，工拙不校也。

（一）

一曲琵琶听未终，　青衫半领泪痕封。[1]
思填恨海甘衔石[2]，为护落花苦骂风。
薄命竟难收覆水，　知音枉自泣焦桐[3]。
与卿共悟浮生理，　茵溷[4]由来各梦中。

（二）

不堪彩凤苦随鸦，　遍设金铃巧护花。
陶写中年赖丝竹，　得成大隐傍枇杷。
眉梢鬓影回肠断，　袖角裙边点泪斜。
半老徐娘丰韵在，　新诗为我碧笼纱。

（三）

絮丝花片锦模糊，　注簿姻缘事有无。

偷药妻仍思后羿[5]，采桑婿自愧罗敷[6]。
深悲摇落窃窥玉[7]，每感缠绵戏赠珠。
悦己为容知己泪[8]，莫将私爱比金吾。

注释：

①“一曲”二句：化用白居易《琵琶行》诗意。

②思填恨海甘衔石：用精卫填海之神话，喻有深恨而心有不甘者。

③焦桐：《后汉书·蔡邕传》，吴人有烧桐为炊者，蔡邕闻火烈之声，急止之，制为琴，果有美妙之音。

④茵溷：范缜云，人生如落花，或幸而落于茵席，或不幸而落于溷厕，皆偶然也，与佛教所谓宿命论无关。

⑤偷药妻仍思后羿：嫦娥奔月故事，初见于《淮南子·览冥训》。

⑥采桑婿自愧罗敷：罗敷，汉乐府《陌上桑》中的文学形象，她美丽而又坚贞，机智而又勇敢，使想入非非的使君狼狈而归，维护了自己的人格尊严。

⑦宋玉《九辩》开篇写道：“悲哉秋之为气也！萧瑟兮，草木摇落而变衰。”开后世文人悲秋之先声。故杜甫亦有“摇落深知宋玉悲”之句。

⑧自“士为知己者死，女为悦己者容”化出。

四十四岁照像与三十五岁旧像迥异感赋

（一）

一转瞬时一度新，十年想像总前尘。
自吟泽畔形容悴[1]，谁识山中面目真。
嗣后更衰宁作我，原来虽壮不如人。
世间无限沧桑[2]感，何用区区惜此身。

（二）

信有丹青入化神，真成假后假成真。
寂寥自对谪仙影[3]，恍忽如离倩女魂。
省识春风留本面，静参明月忆前身。
别来亲友如相问，为语狂奴故态新。

注释：

①自吟泽畔形容悴：化用《楚辞·渔父》："屈原既放，游于江潭，行吟泽畔，颜色憔悴，形容枯槁。"

②沧桑：《神仙传》有仙人麻姑云，曾三见沧海变为桑田。后常以此喻世事变易之速也。

③谪仙影：李白初到长安，以其作品《蜀道难》示贺知章，贺遂叹其为"谪仙人"。后人称李白为诗仙，亦本于此。

怀　内

秋月春花知几何，　小年啼笑梦中过。
工贫久自亲盐米，　薄福从来厌绮罗。
百病催人衰老易，　半生愧我别离多。
天寒翠袖[1]须珍重，好为夫家保太和。

注释：

①用杜甫《佳人》诗意："绝代有佳人，幽居在空谷，……天寒翠袖薄，日暮依修竹。"

伯舅七十二岁撮影题奉

是翁矍铄气堂堂，　一领白衣发古香。
何止大儿如北海[1]，或疑小谪似东方[2]。
追怀弟妹七歌痛，　亲见曾玄五世昌。
此日童颜竟可驻，　蟠桃会上看飞觞。

注释：

①北海：汉置北海郡，处青州、莱州之间，故城在今山东昌乐县东南。汉末孔融曾任北海太守，世称孔北海。又汉末狂士祢衡，曾称，除大儿孔文举外，世上别无人物。文举，孔融字也。

②东方：指汉代东方朔，见《史记·滑稽列传》。

寄赠朱知事笠峰

可忍相逢是别筵，笠峰来知禹事三月，初未相遇。将行始一逢，恨见晚也。

留多后会补前缘。

偶人漫起公孙庾，　知我端推鲍叔①贤。笠峰谬欲荐吾入安徽都督倪嗣冲幕府，自许为鲍叔牙。

竹马口头呼活佛，　雪鸿爪迹认游仙。

厚来薄往惭投报，　小草山中有性天。笠峰去晨遣馈食品二盒，谦署教弟，仍恳恳劝余出山，余病，未能也。时未面谢，故以诗报之。

注释：

①鲍叔牙：与春秋时期齐国大政治家管仲为挚友，二人分事公子纠与公子小白，各为其主，为争夺继承权成为政敌，但这丝毫不影响其个人间友情，后来鲍叔仍将管仲荐与齐桓公（小白），任相位以展其才。后人每称挚友为管鲍之交，即本此也。

舅氏益三[①]先生遗影

（一）

镇日[①]悠悠思渭阳，敢将画像赞东方[②]。

朝廷北极同归尽，舅氏殁于宣统三年十二月二十九日，清室逊位在二十五日，距舅氏之没四日耳。墓道西州总感伤。

片石应教堕泪久[③]，民国元年旧历十月二十日为舅氏立碑。

一诗难得纪恩长。

斯人不作天宁醉， 事死如生只瓣香[④]。

（二）

并哭公私总一哀， 每从痛定痛还来[⑤]。

不辞抵死田间老， 可奈虚生天下才。

历历感恩惟我最， 肫肫怀抱向人开。

两年尘世如怜念， 为报中原是祸胎。

注释：

①镇日：整天从早到晚。宋朱熹《邵式道中》诗："不惜空甏凋，镇日长空饥。"

②敢将画像赞东方：晋夏侯湛撰《东方朔画赞并序》，王羲之书为小楷，颜真卿书为大楷，镌于碑石，为书法珍品。

③片石应教堕泪久：晋代羊祜镇襄阳时，曾立碑石于城外岘山之上。后人览之皆堕泪，称堕泪碑。孟浩然诗：

“羊公碑尚在，读罢泪沾襟”。

④瓣香：虽形式上并不焚香，而于心中膜拜之，称“一瓣心香”。

⑤痛定痛还来：化用文天祥《指南录后序》语：“痛定思痛，痛何如哉！”

外家文氏塾中撮影

委形委蜕[1]岂吾身，遽尔有情复有神。
得地芝兰须雨化，外家梨栗[2]忆天亲。
春风归咏偕童冠[3]，明月团圞忘主宾。
此是驻颜成不老，请迟百岁认前尘。

注释：

①委形委蜕：指照片中之旧貌，如同虫类发育过程中委弃的外衣。

②梨栗：代指恩泽。

③孔门弟子言志，曾皙曰：“莫春者，春服既成，冠者五六人，童子六七人，浴乎沂，风乎舞雩，詠而归。”深得孔子之赞赏。见《论语·先进篇》。

外家文氏阖家乐撮影

今我悠悠思渭阳，　文孙文子各成行。
合欢枝上鹓雏集[①]，重庆堂间鹤发扬[②]。
潞国精神无量寿，　于公阴骘贻谋长[③]。
独怜宅相竟谁应，　空记当年梨栗香。

注释：

①鹓雏集：鹓雏，即凤凰。集，鸟类栖止于树。

②重庆堂间鹤发扬：古称祖父两代都健在为重庆。鹤发，谓老年之白发也。

③于公阴骘贻谋长：于公，汉东海郡郯人，善决狱。东海有孝妇为太守冤杀，于公争之不得，其后三年不雨。祭孝妇之墓乃雨，人称于公治狱有阴德。其子于定国，亦为狱吏，后为相，封西平侯。

改前作待质

（一）

今我悠悠思渭阳，　欣然重庆坐高堂。
于公阴骘贻谋远，　潞国精神应寿昌。
三世有儿皆玉雪，　一巢傍母集鸾凰。
未知宅相竟谁验，　惭愧当年梨栗香。

（二）

渭阳[1]恰好比汾阳[2]，为有三多[3]集满堂。
么凤成群齐献瑞，　蟠桃祝寿各飞觞。
一林玉树临风皎，　几领彩衣爱日长。
家庆图留神化巧，　棣华荫椿带兰香。

注释：

①渭阳：诗经秦风《渭阳》描写外甥为舅父送行，赠送礼物表达自己的情义。

②汾阳：汾阳王郭子仪，见前注。

③三多：华封三祝：福多，寿多，子多。

谈及秋瑾[1]，漫咏吊之

（一）

女儿忧鲁妇忧周[2]，不信卢家有莫愁[3]。
絮雪一堂新咏好，　屏风九世大书仇。女士工诗。
白龙正遇密文纲，女士因徐锡林之案牵连得祸，人多冤之。
彩凤偏归薄倖楼。女士适王氏子，纨绔也，久成反目。
花影尘缘都梦幻，　西冷桥畔是仙洲[4]。女士葬于西冷桥畔。

（二）

姊妹花前赋玉钩，　断肠碑立小坟头。女士葬于西冷桥畔，吴芝瑛题其碑曰：“呜乎！鉴湖女侠秋瑾之墓”，徐自华为撰墓表，芝瑛书之。

奇冤狱竟成三字⑤，大错铁谁铸六州。

运极道消明月碎，　雄冠佩剑太风流。女士好男装又好带剑。

迩来一段轩亭血，　化作人间万古愁。近有《轩亭血传奇》，吊秋瑾也。轩亭，女士遇害处。万古愁，曲名，叶天寥作。

注释：

①秋瑾：民主革命志士，诗人，因参加革命，准备发动起义，而于1907年7月从容就义于绍兴轩亭口。其诗慷慨悲凉，豪放义烈而全无脂粉之气，正如其人也。

②孔子为周代鲁人，其忧周忧鲁，乃爱国爱家也。

③不信卢家有莫愁：莫愁，古代女子，如罗敷，为文学形象，其说法不一。此用梁武帝诗：“河中之水向东流，洛阳女儿名莫愁。”“十五嫁为卢家妇，十六生儿字阿侯。”首联言秋瑾惟以忧国为念，全无儿女之态。

④杭州西湖之西泠桥畔，乃秋瑾墓之所在。

⑤奇冤狱竟成三字：三字为“莫须有”也。其墓与岳飞墓近，故以岳飞事比之。

祝白母朱太淑人六秩荣庆二首 代

（一）

神仙眷属幼相庄，初卜飞鸣是凤凰。

绣佛祖传遗法古，太淑人为朱文正①公裔孙女，文正公一生奉佛。

课儿家拜赐书香。白君之高祖为小山尚书，叔祖为建侯侍郎。

瑶池鹤集添筹屋，花县燕居重庆堂。白长君现由第一届知事，试验考取甲等，分河南。旋署阳武县知事，太淑人有孙男女共八人。二句一作：瑶池高会降王母，花县安舆护潘郎。

蛮触未妨开寿域，麻姑原不异沧桑。近日欧洲大战②，牵及东亚。吾国山东胶州，向租与德国，日本乘变思夺，势岌岌矣，故及之。

（二）

学士头衔宋若华③，惯餐仙果饭胡麻。

世臣故国仍儿嗣，天子门生旧母家。太淑人之远祖朱文正公，仁宗皇帝师也。

戏彩亭前人并玉，戏彩亭在温州郡署，梁恭辰为守，因宋赵帆戏彩堂补筑。

怀清台④外月如花。太夫人守节三十年，旧由礼曹奏请旌表，朝议许之。

写经怯作《灵飞》⑤字，侑上新诗拜绛纱。

注释：

①朱文正：朱珪，清大兴人，字石君，号南崖，乾隆年间进士，官至体仁阁大学士，为清仁宗嘉庆皇帝师，卒

谥文正。

②指第一次世界大战。

③宋若华：唐之才女，五姊长皆有才。

④怀清台：秦始皇为蜀地寡妇清所建。清守父业，始皇慕之而为。

⑤《灵飞经》，道经之一种，唐人钟绍京所书小楷，字体精妙，为传世之名帖。

题画三[①]摄影二首

（一）

闲恨闲愁一笔钩，　不官不隐足悠悠。
眼光直上出牛背，　相貌由来数虎头。
未耐琴书拘日课，　偶从裙屐寄风流。
稳骑款段称乡里，　记取平生马少游[②]。

（二）

鸢肩火色当封侯，　让与世间冠沐猴[③]。
艳妇妆成三女粲，　豪华压倒五陵裘。
人言渐已护刘四，　天道终须知邓攸。
沧海横身惜往日，　好从皮里作春秋[④]。

注释：

①梁乾元：写画三，又字用九，禹州人，角山先生为其所

撰《墓志铭》中，曾称其“天生英特，机应刚断”，颇能决断大事，为人排难解纷。

②马少游：汉代隐士，见前《逊卿索诗书扇，漫赋》诗注。

③让与世间冠沐猴：楚人谓猕猴为沐猴。《史记·项羽本记》有人劝项王都关中而项王不听，其人骂曰：“人言楚人沐猴而冠耳，果然。”项羽闻之大怒，烹其人。竟以不王关中而败。

④皮里作春秋：晋代褚裒，字季野。桓彝评之曰：“季野不言，自有皮里春秋。”言其心中自有褒贬也。

浊　酒

浊酒一杯快一场，　世间何事不荒唐。
我缘遣日开书帙，　人笑穷年仰屋梁。
论古永怀羊叔子[1]，问今谁识马宾王[2]。
春风到处都生意，　小草山中自在香。

注释：

①羊叔子：晋羊祜，字叔子，武帝时镇襄阳，有德政，远近怀之。后荐杜预以代之，人称为羊杜。

②马宾王：即唐代马周，见前注。

乙卯元宵热闹异常，三年以来民生困苦极矣，至此一舒，因作诗二首志庆

（一）

更无劳度昆仑关，　巧借新年复古欢。
月放通天成白昼，　春潜暖雪忘清寒。
千红万紫花如海，　错彩镂金灯有山。
嬴得杞人才一笑①，中原从此报平安。

（二）

蹉跎鼙鼓已三年，　狂喜笙歌又一天。
火树花开连燕九②，风筝线袅系秋千。
雪因小旱齐称瑞，　月为新晴倍觉圆。
看到淡妆更浓抹，　熙熙士女总神仙。

注释：

①嬴得杞人才一笑：杞乃周代诸侯国，今河南杞县是也。成语杞人忧天，语出《列子》，指无端多余之忧。李白诗：“杞国无事忧天倾。”

②燕九：禹州人称正月十九日为燕九。燕通筵，其日设筵尽欢，春节气氛，连绵延续至此日而尽也。

偶　成

四面青山是我家，　一生供养足烟霞。
悟从宝玉《红楼梦》，论道彩云《孽海花》。
禅悦还应参北秀，　道经别欲注《南华》[①]。
当窗便作羲皇上，　六月松风透障纱。[②]

注释：

①《南华》：《南华经》，即《庄子》书之别名，古代庄周及其门人所著。

②化用陶潜语："五六月中，北窗下卧，遇凉风暂至，自谓是羲皇上人。"状其隐居之乐也。

即　事

生意[①]满前绿不除，浅深庭草接平芜。
风鸣竹树丁东玉，　雨落梧桐大小珠[②]。
万卷香于花烂熳，　四山色似锦模糊。
牧讴樵唱皆才调，　梦里疑闻鸟自呼。

注释：

①生意：万物勃勃之生机。

②化用白居易诗句"大珠小珠落玉盘"。

即　景

应时一雨病苗苏，　蓑笠人皆入画图。
野草怒生青未了，　晴云欲散淡如无。
峰高呼吸通中岳[1]，石古玲珑压太湖。
消夏最宜真率会，　小童赤足笑提壶[2]。

注释：

①禹州群山，皆嵩山之余脉，故言其呼吸与中岳相通，此指角山云峰。

②提壶：鸟名，其叫声有若“提壶”之音，故名。

自　遣

竹林深处赤双趺，　樵客牧童作酒徒。
惯养野心[1]如放马，全抛家计任飞蚨。
文章词伯号三影[2]，身世仙人归一壶。
修到万缘皆解脱，　揭来惟有睡工夫。

注释：

①野心：谓其闲散不羁，充满野趣之心也。

②文章词伯号三影：张先，字子野，北宋词人，其生平得意之句有三：“云破月来花弄影”；“柳径无人，坠

飞絮无影”；“娇柔懒起，帘押捲花影”。人称其为张三影，由此著名。

即　景

出门看水水无涯，　瀑吼遍闻四面哗。
骤雨直翻沧海倒，　破云忽露夕阳斜。
蔬香有似银丝脍，　衣冷何须铁线纱。
乘兴临流一濯足[①]，几生修得到山家。

注释：

①乘兴临流一濯足：“沧浪之水清兮，可以濯我缨；沧浪之水浊兮，可以濯我足。”初见于《孟子》，《楚辞》亦引之。盖言其与世俯仰，随遇而安之心态也。

即景自遣

（一）

彻夜未休两部蛙，　似鸣得意是私家。
天倾东海添新水，　日恋西山放晚霞。
肠热喜逢花下藕，　诗清苦忆雨前茶。又作：苦忆花间生雪藕，好从竹里热煎茶。

翠岚青霭浑无辨，　树色垂垂欲染鸦。

（二）

小筑琊嬛书满家[1]，自将福地傲张华[2]。
一般清味消瓜果，　两部新经品酒茶。
雨过怒流千涧水，　日来妍放四山花。
晚凉约略西阳近，　十里峰间看晚霞。

注释：

①王氏故居有书室称小琊嬛。

②张华：晋方城人，字茂先。曾力劝晋武帝伐吴。功成，封广武侯。著有《博物志》。《琊嬛记》载张华游于洞宫，至一处，别是天地。其中遍列奇书，多所未闻者。问其地，人称为琊嬛福地也。

自匾所居，曰“何陋居”[1]，诗以夸之

环山十里尽垣墙，　风有清声月有光。
故鸟归林千种啭，　闲花遍地四时香。
晴云冉冉霏窗户，　雨水深深漫野塘。
更喜天然图画里，　牧童点缀几牛羊。

注释：

①语出《论语》，谓有德者居之，何陋之有！唐刘禹

锡《陋室铭》结句亦引之。

雨后自城归家

深泥滑滑雨淫淫，　一任马蹄路不分。
树上苔痕因湿酿，　草中花气是浓醺。
平铺地满琉璃水，　覆压天低玳瑁云。
检点行衣沾润遍，　空濛犹自作氤氲。

近体起句，旧有通押他韵之例。此起句“雨淫淫”本作“雨纷纷”，用老杜诗“阑风伏雨秋纷纷”，改用古诗韩凭妻答夫歌其雨淫淫，此宁舍律不舍意之旨也。江慎修论顾亭林音学曰：“考古之功深，审音之功浅。”今以审音论之，则吾乡读真文侵韵无以异也。诗法音韵尚是两事，知诗者多，知韵者少，偶一辨著如此。（自记）

雪晴夜吟

鹤讶今年雪异常，　丈馀深处野茫茫。
应惭党尉销金帐[①]，不隔卢家白玉堂[②]。
盐虎在山真耀武，韩魏公咏雪句：“危石盖深盐虎重”。
银蟾出海更增光。见金主亮《待月词》有“等候银蟾出海”句。
诗成四句意随尽，　祖咏流传是短章。祖咏试《终南望馀雪》诗，四句即纳卷。诘之，曰“意尽”。

注释：

①销金帐：《通鉴长编》，宋陶谷得党太尉家姬。遇雪，谷取雪水烹茶，问："党家有此风味否？"答曰："彼粗人安有此！但能于销金帐中，浅斟低唱，饮羊羔酒耳。"

②白玉堂：泛言高门之华堂也。

漫 咏

筑得小园大似壶，　凭心幻出辋川[1]图。
一杯并欲乐贤圣[2]，　三教何须论主奴。
梦醒红楼贾宝玉，　痕空花月韦痴珠。尝谓《红楼梦》书最有包罗，故喜谈之，其下则《花月痕》因并及焉。
郢书燕说从吾好，　信有稗官胜腐儒。

注释：

①辋川：在陕西蓝田县，风景秀丽，乃唐代大诗人王维所隐之地。

②古以酒德喻人品，如李白《月下独酌（二）》："已闻清比圣，复道浊如贤。三杯通大道，一斗合自然。"

初夏小雨 下三首丙辰作

不随春尽是东风，　小雨酿成皆化工[1]。

点水轻疑立蜓似，　沾衣微觉落花同。
便教庭草发浓绿，　定有山樱然②湿红。
闻道丰年无过量，　清和时节故濛濛。

注释：

①化工：天然造化之工。王国维论词，有化工与画工之殊，无斧凿之痕，有自然之趣乃为化工。

②然，通燃，以山樱花似火，故有此云。

肇卿、荔轩、绶卿、庆霄偕至山中①，有咏志快

泥絮岑苔不是萍，　跫然喜得足音听②。
高轩相约来今雨③，穷巷可容聚德星④。
庭借草深添酒绿，　座移山近染衣青。
忘形无复分宾主，　领取清谈即道经。

注释：

①肇卿、荔轩：见本书前注。艾绶卿，禹人，善书，与杜希春、王棽林等交厚。庆霄，可能为陕西人，作者另有《庆霄携儿曹合影》一诗，称其为关西夫子。

②跫然喜得足音听：明归有光《项脊轩志》："余扃牖而居，久之能以足音辨人。"足音蛩然而清晰，一见其环境之清静，二见其来者之熟悉也。

③言群贤欢会，有如雨集也。而新交之友，则称今雨。杜甫诗序云：“卧病长安，旅次多雨，寻常车马之客，旧雨来今雨不来。”

④德星，即岁星，所照有福，故曰德星。后汉陈寔，与子侄共访荀淑，时德星聚，太史奏曰：“五百里内有贤人聚。”后称贤人共聚为“聚德星”。

赠刘营长允侯

国士共将越石[1]推，一腔忠愤入笳吹。
论交到我惟心印，颂德逢人是口碑。
杀贼金刚曾怒目，爱民菩萨又低眉。
潢池[2]已扫清如镜，朗朗福星照颍湄。

注释：

①越石：刘琨，字越石，晋代名将。

②潢池：《汉书》：“故使陛下赤子，盗弄陛下之兵于潢池中耳。”言濒海之群盗为寇，本无重大之罪，如群儿私窃兵器，戏于池塘之畔也。此处所谓潢池，乃指匪窟也。

何陋居题壁 下二十首丁巳作

（一）

修竹新荷好纳凉，　不从人世问苍黄。
瀑泉翻白感时雨，　树叶漏红窥夕阳。
曲趁崖头花有坞，　斜随山角石为塘。
鸟声多与幽心会，　领略书香更草香。

（二）

不费一钱买小丘，　风光本地足优游①。
神仙种子书中蠹，　文字匠工棘上猴②。
疑有辩言投狗骨，　传来谣说烂羊头③。
桃源送出渔郎去，　分付落花阻水流。“狗骨”出《吕览·首时篇》“饥马盈厩叹然，未见刍也。饥狗盈窖叹然，未见骨也。见骨与刍，动不可禁。乱世之民叹然，未见贤者也。见贤，则往不可止。”

注释：

①优游：语出《诗经》“慎尔优游”，状其闲暇自得之貌也。

②棘上猴：前人诗：“三年棘刺造沐猴，可怜无补费精神。”此乃自言其文字虽工巧而终无用也。

③烂羊头：汉朝后期，宫廷内部腐败，外戚与宦官的斗争一直不断，两派为了拉拢自己的势力，对外滥授官职，所授的官职名目繁多，小商人、厨子等纷纷穿绣面官服。百姓怨声载道并编制歌谣：“灶上养,中郎将。烂羊胃，

骑都尉。烂羊头，关内侯。”

题瓢海 并序

何陋居上有池，先命曰小瓢池，题诗不惬，得句有云“倘添拳石便成岛”，忽悟曰“此是咏海，非咏池也，胡不即改瓢池为瓢海。原小瓢池之名袭自曲园[①]之瓢池，曲园瓢池之名仿自朱晞颜之瓢泉，今与其全袭旧名，加字以别之，何如半改新名，借字以张之！本小池也，而依违之颜曰“瓢海”。瓢，小也，海，大也。《庄子》曰：“因其所大而大之，则万物莫不大；因其所小而小之，则万物莫不小。”如瓢海者，即小即大矣。俗固有称砚为墨海者，其他器以海名者尚多（如海碗之类）。惟名与器久，可以假人，复于瓢海乎何尤？《孟子》曰：“观于海者难为水”，今而后观于海者易为水矣。文字狡狯，无足深较，遂因原诗改定，以供题识。

挹彼注兹得几何，　略储新雨养新荷。
休嫌海竟同瓢小，　不测水原一勺多。
拳石稍栽应作岛，　芥舟[②]虽荡未生波。
莫愁瓠落无容处，　归纳袖中有老坡。《庄子·逍遥游》惠子谓庄子曰：“魏王诒我大瓠之种，我树之。成其实，五石以盛水浆，其坚不能自举也；剖之以为瓢，则瓠落无所容。”东坡诗“袖中有东海”。

注释：

①曲园：清代大学者俞樾，号曲园，与曾国藩同时，为近人俞平伯之祖。

②芥舟：语出《庄子》："复杯水于坳堂之上，则芥为之舟，置杯焉则胶。"

即　咏

大雨连番慰老农，　桑麻日长兆秋丰。
无名野草无边绿，　着色山花着意红。
云变变拟作现陆离朝霁后，瀑流明灭夕阳中。
闲来自对方塘坐，　看取蜻蜓想化工①。

注释：

①化工：造化之工。贾谊《鹏鸟赋》："天地为炉兮，造化为工。"

感　赋

郭郎底事又登场，　若个黄粱梦太长。
是岁有云如赤乌①，经年无日不红羊。
双柑只好听鹂去，　五柳终怜司马亡②。
我本平生最萧瑟，　那堪人世更苍茫。

注释：

①一生多得秋为气：化用宋玉“悲哉秋之为气也”。此言其一生多悲愁也。

②庾信《小园赋》，内有“一寸二寸之鱼，三竿两竿之竹”二句。其实庾信之赋与王氏此诗，抒发的都不是悠闲心情，而是一种闲愁。

漫　咏

（一）

尘海茫茫不系舟，　一生无定况千秋。
画成何用添蛇足，　痴绝可能过虎头①。
才尽江郎空赋恨②，圣如杜老只诗愁。
肯骑款段③安乡里，羡煞当年马少游。

（二）

悲哉秋气感何深，　《九辩》一声直到今。④
唯有西堂工赋泪，　那堪南郭久灰心⑤。
酒人歌和市中筑⑥，水鸟情移海上琴。
自是吾生多恨事，　未须借古发狂吟。

注释：

①虎头：谓人之福相或痴相。又据《三国志·魏志·

许褚传》："军中以褚力如虎而痴，号曰虎痴。"

②才尽江郎空赋恨：江淹，字交通，南梁人，少以文章著，其《恨赋》、《别赋》为最驰名，后来，梦见郭璞，将其五色笔收去，从此文章再无佳句，人谓江郎才尽。

③款段：迟缓也。《后汉书》："御款段马"，指身段迟缓之马。

④"悲哉"二句：宋玉，楚辞赋家，相传为屈原弟子。所著《九辩》，篇首即叹曰："悲哉秋之为气也。"

⑤那堪南郭久灰心：《庄子·齐物论》：南郭子綦隐几而卧，仰天而嘘，答焉似丧其耦。学生颜成子游问道："何居乎？形固可使如槁木，而心固可使如死灰乎？……"

⑥筑，古乐器名。陶渊明《咏荆轲》诗云："饮饯易水上，四座列群英，渐离击悲筑，宋意唱高声。萧萧哀风逝，淡淡寒波生，高声更流涕，羽奏壮士惊。"

闲　吟

九州反隘一心宽， 抱膝长吟自偷安。
邓禹①笑人徒老贱，韩愈②欺我任饥寒。
许身宁自为鸡口③，知味何须食马肝。
《论语》代薪等闲事，防他刘季溺儒冠。④

注释：

①邓禹：字仲华，新野人，少年与刘秀为友，刘秀起兵，以邓禹为军师，为其中兴功臣之首。

②韩愈：唐宋古文八大家之首，古文运动领导人，详见前注。

③鸡口：见《战国策·韩策》："宁为鸡口，不为牛后。"为不肯落后之意。

④"《论语》"二句：刘邦无赖，曾以儒冠为便溺，以辱儒者。《论语》代薪，指以儒经授徒，以谋生计。

闲　吟

说鬼谈禅强自宽，　花开花落镜中看。
文章憎命一身累，　日月掷人两鬓残。
李白无妨终醉死[1]，屈原不悟独醒难[2]。
怕来枕上茫茫感，　且耐孤灯短檠寒。

注释：

①李白性天真放达而嗜酒，传说他乘醉泛舟，入水中捉月，溺水而死。

②屈原《渔父》篇言："举世皆浊我独清，众人皆醉我独醒。"并表示宁死不改初衷："宁赴湘流，葬于江鱼腹中，安能以皓皓之白，而蒙世俗之尘埃乎？"

茫　茫

茫茫身世奈何天，　百计终归一惘然。
昙现爱空兰是梦，　仙还望断玉如烟。
啼冤杜宇昔为帝[①]，逃劫野狐今作禅[②]。
我不胜杯新颂酒，　拼将烂醉扫尘缘。

注释：

①啼冤杜宇昔为帝：杜宇为古蜀帝，相传死后化为杜鹃，啼声悲苦常带血。杜诗常咏之。

②逃劫野狐今作禅：佛教禅宗称静思之修行法为“禅那”，简称为禅；而称禅宗以外之道为野狐禅。

摅　怀

（一）

病来雨卧茂陵秋[①]，卖赋不成且典裘。
自昔少年佳日过，　如今名士太风流。
龙医屡试止驴技，　蚌死空留持鹬仇。[②]
至竟劳劳缘底事，　输他蝴蝶梦庄周[③]。

（二）

萧萧蒲柳不胜秋，　人世散沤又聚沤[④]。

谁弄胡沙迷汉月，　岂防楚尾隔吴头
数亡符已征三户[5]，一错铁难铸六州。
枉羡杜陵作诗史，　每谈天宝只牢愁。

（三）

更无皮里隐阳秋，　今古由来貉一丘[6]。
得酒直须千日醉，　读书亦是几生修。
问谁肯歇长途马，　愧我不如大海鸥。
绝似老蚕归茧缚，　自凭苦思作诗囚[7]。

（四）

一年又是近中秋，　新月故人并解忧。
招隐无须名白社[8]，参禅最好话红楼。
肥鱼香稻寻常约，　紫蟹黄花拟后游。
终是梦尘排不去，　清宵卧定更悠悠。

注释：

①茂陵：汉武帝陵。汉辞赋大家司马相如曾居住茂陵之北，故李商隐诗云：“茂陵秋雨病相如。”

②蚌死空留持鹬仇：寓言“蚌鹬相争，渔翁得利”，见《战国策·燕策》。龙医驴技，喻志大而才疏也。

③蝴蝶梦庄周：《庄子·齐物论》云：“昔者庄周梦为蝴蝶，栩栩然蝴蝶也。俄然觉，则蘧蘧然周也。不知周之梦为蝴蝶与，蝴蝶之梦为周与？此之谓物化。”

④沤：水泡。白居易《想东游五十韵》："幻世春来梦，浮生水上沤。"言人生之短暂无常也。本诗首联亦然。

⑤数亡符已征三户：始皇时有符谶"亡秦者胡也"。先是，楚亡于秦，楚人曰："楚虽三户，亡秦必楚。"秦传至二世也，符谶得以验证。项羽本为楚人，此时遂率诸侯共灭秦。

⑥今古由来貉一丘：《汉书》："古与今，如一丘之貉。"后泛指同类事物之相似也。

⑦自凭苦思作诗囚：元好问诗："（孟）郊（贾）岛两诗囚"，言二人为诗所苦，形如拘囚。此更言其如作茧自缚，盖作者自况也。

⑧白社：地名，在今洛阳县东。《晋书·董京传》："至洛阳，披发而行，逍遥吟咏，常宿白社中。"汉淮南小山有《招隐士》赋。此言诗人随处可隐，故随处可招而致，何必限于白社！

闲　赋

（一）

地上轩然大九州，　神仙只付一壶收。
此疆蚊睫彼蜗角，　今日鸡皮昔虎头。
四壁闲虫听彻夜，　满城小雨作中秋。
沈腰潘鬓凄凉甚，　输与卢家名莫愁。

（二）

依然风景觉微殊，　新月如眉皱未舒。
有俟何知人寿几，　无为尚忆我生初。
懒从壁上夸观战[1]，欲向城南课读书。
咏罢五君还自笑[2]，朅来早是世情疏。

注释：

①壁上夸观战：《史记·项羽本纪》载，项羽破釜沉舟，大战秦将军章邯，诸侯军皆从壁上观。楚军胜，诸侯无不膝行而前，不敢仰视，臣服于项羽。

②咏罢五君还自笑：北朝颜延之曾赋《五君咏》，王氏亦有拟作五首，存其三，见本书卷一。

戊午正月我年四十九矣，感亲旧多丧，怆然有赋

（一）

四十年来事总非，　较量伯玉已先知[1]。
蚕因食少令人瘦，　老更情多由我痴。
代女哀成《金鹿》诔，替爷痛废《木兰》诗。
客春闰三月，薛氏外孙宪昌殇。夏四月，次女瑞华继殇。
每逢佳节倍惆怅，　况是青红贺岁时。

（二）

宋玉原来积病身，　招魂几度又伤心。
每怀鬼友山阳笛②，一去仙师海上琴。
石说三生难待证③，桐怜半死少知音。
百端交集七年内，　并作八哀④泪满襟。此统亲故已亡者言之。

注释：

①伯玉：蘧伯玉五十而知四十九年之非，诗人四十九岁已然知非，虽稍晚矣，而较伯玉已为早也。

②今之焦作，即古之山阳，竹林七贤高隐处。嵇康为司马氏所杀，向秀闻笛而作《思旧赋》。

③石说三生难待证：三生石，在浙江杭县下天竺寺后山。《甘泽谣》记唐代李源与圆泽友善，圆泽将亡，约李源十二年后杭州相见，李源后赴杭州践约于此处，果有牧童歌曰："三生石上旧精魂……惭愧旧人远相访，此身虽异性长存。"

④八哀：杜甫曾为《八哀诗》，乃怀旧之作也。角山先生于七年之内，八丧亲旧，故云。

何陋居内外即景 此首拗体

（一）

南山之北北山南，　小署居士作头衔。
此地一丘兼一壑，　其人不履亦不衫。
鸟惯笼中闲日月，　鱼从盆里豁江潭。
未须花事多题咏，　但道桑麻即雅谈。

（二）

洞天福地是山家，　容我闲中玩岁华。
瀑布白翻诸涧水，　绣球红夺一园花。
卧高夏月如秋月，　食爽西瓜并北瓜。
赤足科头[1]无个事，朝来看雨暮看霞。北瓜比西瓜尤甘，不可不著之于诗。

首作拗体，原为“此地一丘兼一壑，其人不履亦不衫”二句，因遂续成之。惟拗体非天然入妙，不能割爱，未便用之。今又拟改丘壑联用正调法，亦姑存如左。

（三）

白云深处隔红尘，　野鸟闲花结比邻。
绝境一丘一壑地，　居家半读半耕人。
范蠡底事频求富[2]，叔向若来定贺贫[3]。
五柳先生能自赞，　无怀民与葛天民。[4]

（四）

寻得桃源到此间，　黄童白叟各仙班。
琅玕竹映琉璃水，　烂漫花开旖旎山。
是处风光俱入赏，　由来富贵不如闲。
偶成诗句双存稿，　容待推敲未忍删。

注释：

①科头：俗称不著冠巾为科头。

②范蠡底事频求富：范蠡为越王勾践谋士，灭吴之后功成身退，隐身于商，称陶朱公，成为巨富。世俗奉之为商家之祖。

③叔向若来定贺贫：《国语》载晋国正卿韩宣子为贫而忧，叔向却为他的贫而祝贺，说只要贫而有德，其子孙之发达昌盛必可期也。韩宣子称谢，其后韩氏发展，果如叔向之言。

④“五柳”二句：见陶渊明《五柳先生传》。无怀氏与葛天氏，皆上古传说中之帝王也。

漫咏遣暑

（一）

十年前已奉庄周，　梦里时从蝴蝶游。
把卷今宜《消夏录》，编诗昔定《畏秋楼》。
看人争取兔三窟①，阅世原如貉一丘。

且向北窗高处卧，　凉风吹散此生愁。

（二）

不暇尽欢何暇愁，　万缘解脱足优游。
每逢梦地排风马[2]，且避名场放火牛[3]。
三尺水添瓢海汐，　万竿竹送石塘秋。
蓑衣藤扇看山去，　作得神仙第一流。

注释：

①三窟：《史记·孟尝君列传》门客冯谖谓孟尝君言，狡兔有三窟，仅得免其死耳。言其可以辗转相避也。

②风马：谓神驾也。李白诗："霓为衣兮风为马，云之君兮纷纷而来下。"

③火牛：战国时，燕国伐齐，齐将田单以火牛阵败之，复齐国于垂危。见《史记·田单列传》。此言名场之危如火牛，故当避也。

何陋居小景

筑得小园趁小丘，　遣将庾信[1]一生愁。
凤仙龙舌依香藕，　燕白鱼红恋绣球。
闹热菊花开六月，　迷离粉豆结重楼。
山茶巧作海棠对，　四季垂垂有石榴。

注释：

①庾信：本南朝人，稽留于北朝，不得南归，终生抑郁而作《哀江南赋》。

雨后漫游

大雨一过山作川，　玻璃世界蔚蓝天。
切瓜样比初三月，　澄水品宜第二泉[①]。
烂熳繁花光溢目，　玲珑碎石小如拳。
当流赤足风生处，　抛得人间有万缘。

注释：

①澄水品宜第二泉：唐人煎茶以品第泉水水质之高下。或以扬子江南零水为第一，无锡惠山泉水第二。或以庐山康王谷水帘之水为第一，无锡惠山泉为第二。

遣　怀

（一）

生与青山有宿缘，　不知今世是何年。
一窗风已羲皇上，　几卷书多秦汉前。
每喜竹竿何袅袅，　但看荷叶故田田。

秃头久作枯僧状，　听鸟对花总是禅。

（二）

修到不愁便是仙，　玄关[1]参透总随缘。
小言杜撰署瓢海，　豪句韩诗吟藕船。
山暮云中看落日，　雨晴石里听鸣泉。
满前供作无边绿，　栗里人家韦曲田[2]。

注释：

①佛教称入道之门为玄关。

②栗里人家韦曲田：栗里、韦曲：皆地名。栗里，在江西彰化县西南，或言为陶渊明故居所在。韦曲，在陕西长安县南，为当地名胜之区，唐代贵族韦氏世居之地。此言作者高隐之处，与栗里、韦曲同美。

山居消夏漫咏 己未六月作

（一）

惯向雨中看瀑流，　山庄长夏更清幽。
柳黄拟击尺三壤[1]，净信居丈八沟。
半亩方塘深满水，　九分圆月六月十七日夜淡明楼。
凉风吹送羲皇上，　底事人生自惹愁。

（二）

疏帘青簟一庐幽，　峰霭树阴绕四周。
灯影青时疑竹影，　云流碧处误波流。
倾来天上三日雨，第六字宜平而仄，此拗法创自元好问，非十分切合浑成，不必轻用，六月十九、二十、二十一连三日并大雨。
散作人间六月秋。
好是夕阳西下后，　彻宵风叶响飕飕。

（三）

烂熳闲花满道周，　绿阴深处任句留。
瀑吼雨流三峡水，　风吹云散四山秋。
老莺犹是娇啼树，　残月依然炯照楼。
嵇康枉自矜疏懒，　输与牧童倒跨牛。

（四）

凿石成洼即小洲，　亭亭荷叶过人头。
老婆花艳开长夏，　罗汉竹清报早秋。
纱帐轻吹风作扇，　珠帘高卷月为钩。
天然一幅徐熙画[②]，碧涧青溪映翠畴。

（五）

数家烟火在氤氲，　瀑布声长几度闻。
晦日又淋骑月雨，　晴天还养坐山云。
野花无主荒荒放，　香草向人故故熏。

静对方塘观物化③，蜻蜓乱点水成纹。“骑月雨”、坐山云，并谚语、工对。

（六）

浓云飞霭淡飞烟，　芳草丛中泻石泉。

白雨跳珠方滚滚，　青荷张盖故田田。

有愁不诉长眉佛，　无事且为赤脚仙。二句又作：“今人多作黑头相，老我只成赤脚仙”。

信自倾身营一饱，　竹床画肚④仰天眠。

注释：

①柳黄拟击尺三壤：帝尧之时，有老人击壤而歌，歌曰：“日出而作，日入而息……”壤乃古游戏之具，以木为之。先置一壤于地，以手中壤遥遥击之，中者为胜。

②徐熙：五代时期南唐画家，善画花竹、林木及草虫之类，花果尤佳。其艺术成就，在当时境界最高，为花鸟画“徐黄二体”之一。

③物化：语本《庄子·齐物论》，指万物之自然运化。

④画肚：以手指在肚腹上比划，指人揣摩书法。唐张怀瓘《书断》称“虞（世南）眠布被中，恒手画肚。”

闻子元统领来禹省友人疾感赋 统领壮岁客禹，贫病赖友人力，深感之

（一）

最难知己是风尘，　岂有陈平[1]竟一贫。
远祖殷仁出微子[2]，宋氏以国为姓出微子。
近师楚侠驻春申[3]。
将星移作福星照，　今雨报来旧雨亲。
少陵原未识奇士，　厚禄何须怨故人。

（二）

豪杰从来解报恩，　莫听相者举肥论。
肯以卖浆屈公子，　只将漂饭感王孙[4]。
何人更忆黑貂敝[5]，有客争看白马尊。
好凭结袜重廷尉，友人王君。愧煞交情署翟门。

注释：

①陈平：汉阳武人，贫而好学，事汉高祖，后官至丞相。见《史记·陈丞相世家》。

②远祖殷仁出微子：微子，商纣王叔，曾数谏商纣，不听乃去。孔子并称其与比干、箕子为“三仁”。入周，封之于宋（今之商丘）。

③春申：春申君，楚国人，姓黄名歇，为战国四公子之一。见《史记·春申君列传》。

④“肯以”二句：战国时期，魏公子信陵君礼贤下士，平易近人，虽卖浆者亦肯于屈身而就之。韩信少时贫，曾乞食于漂母。后辅汉灭楚，为三杰之一。事见《史记·淮阴侯列传》。

⑤黑貂敝：苏秦曾以连横之术说秦惠王。不听，乃著破敝黑貂裘，狼狈归乡。

读书杂感

带汁难还诸葛庐①，全凭狗监进相如②。
乞降信有儿皇帝③，充选争为女尚书④。
才子伫看成白老，让王拱送作黄初⑤。
商丘适有风云会⑥，所牧是龙定是猪⑦。

注释：

①南宋岳轲在其所著《程史》中，提及当时一人，名郭倪，不知天高地厚，每以诸葛亮自诩，与人论辩，也无人能抗其舌锋，可用兵却一败再败。当时便有人讥讽他为带汁诸葛亮。

②全凭狗监进相如：汉武帝读相如赋而赞叹，适其乡人杨得意时任狗监，向武帝介绍，相如乃得进。

③儿皇帝：五代时期，石敬瑭降辽，自称儿皇帝，建立后晋，为历史上著名之大汉奸。

④女尚书：《魏略》：明帝选女子知书者六人，以为女尚书，使典省外奏事。

⑤黄初：魏文帝曹丕年号。让王，禅让帝位。

⑥风云会：古称云从龙而风从虎，故而对于历史有重大影响的君臣遇合称为风云会。

⑦牧龙为猪，意近画虎成狗，言事业无成，终归泡影。

即　事

读书聊自慰生平，　岂信谰言虚作荣。
世事健儿须快马，　人情名士悦倾城。
花看月下疑添媚，　诗咏水边觉倍清。
风里寒蝉声断续，　绕墙岚霭养新晴。

挽柳堂先生 己未八月

（一）

七岁神童驰盛名，　谁知老大落愁城。
命为磨蝎随身孽，　心是灵犀[1]透体明。
已了尘缘惟有死，　久参道妙本无生。
可怜馁到若敖[2]鬼，愧我竟难作郈[3]成。

（二）

贫到锥无盗也憎，　莫嫌尘俗骂枯僧。

一身颠似飘风絮，　万念冷于冻水冰。
死悟成仙原是蠹，　生期吊客却为蝇。
抚棺欲作三号出，　强绝哀情恐未能。

注释：

①灵犀：犀角两端相通，称通犀。李商隐诗："心有灵犀一点通。"后世称两心相通，辄以此喻之。

②若敖：复姓，出于楚芈姓。

③郈：春秋时鲁国之城邑，在今山东东平县境内。

贺蓬仙纳姬

（一）

春早梅花当蹇修[①]，庚申正月。
似曾相识燕归投。姬幼尝来禹。
何年今夕应如意，　倚婿为郎定莫愁。
雪苑爱携香扇坠，　虞山娇贮绛云楼。
怜卿怜我各珍重，　红粉端宜伴白头。

（二）

碧玉盈盈年正芳，　小家女嫁汝南王。
裙因染泪开箱验，　珠为买心论斛量。
诗古吟成《三妇艳》，花新供作一春忙。

久从绛帐闻丝竹[2]，乞与彭宣[3]拜后堂。

注释:

①骞修，指媒妁。屈原《离骚》："吾令骞修以为理。"

②久从绛帐闻丝竹：《后汉书》载经学大师马融施绛纱帐，高坐于堂前授徒，帐后设女乐，奏出一种独特的课堂气氛。作者曾受业于樊，故云。

③彭宣：汉阳夏人，治易经，受学于张禹，禹荐之入朝，后官至大司徒，封长平侯。王莽作乱后，遂辞官归乡。

漫　咏

（一）

久说三山水[1]一方，金银宫阙海茫茫。
连环惟许遗齐后[2]，抱璞谁教献楚王[3]。
莫傍深池骑瞎马，枉从歧路觅亡羊[4]。
寄言黄石卷书坐，且待桥边遇子房。[5]

（二）

破砚久枯日几磨，雪堂落落困东坡[6]。
诸仙不死莫须有，七圣皆迷奈若何。
击缺唾壶可儿少[7]，漆园方竹俗僧多。

唐衢[8]欲哭已无泪，怅望长天一放歌。

（三）

雪晴都上玉山行，　寒似尧年鹤亦惊。
爨下琴留焦尾韵，　愁中笛作断肠声。
久拚人比梅花瘦，　不信诗无竹叶清。
惟有古贤最亲我，　一编长伴夜三更。

（四）

鼎鼎百年孰久生，　怆然身世不胜情。
相思触我惜红豆，　憔悴背人泣紫荆。
岂有焦原搏雕虎[9]，幸无扫地借长鲸[10]。
破愁自把诗过日，　春鸟秋虫一片声。

注释：

①三山：神话所称的海外仙山蓬莱、方丈、瀛州。

②连环惟许遗齐后：秦昭王遣使送齐王玉连环以为试探性挑衅，齐王遍示群臣不能解。王后引锥椎破之，谢秦使。秦使还报，昭王乃不敢以兵加于齐。见《战国策》。

③抱璞谁教献楚王：卞和，周代楚人，得璞玉于山中，献之楚厉王，厉王不识，竟刖其左足。武王时复献之，又刖去右足。文王时抱璞而痛哭，王乃使玉工剖之，果得良玉，加工为玉璧，称和氏璧。

④枉从歧路觅亡羊：歧路亡羊：《列子》寓言，言杨子邻人亡羊，率其党追觅，路多歧而歧路又多歧，终亡其

羊。杨子乃悟学道之易入于歧途。

⑤“寄言”二句：张良遇黄石公，事见《史记·留侯世家》。

⑥雪堂落落困东坡：东坡贬黄州，曾建雪堂，为文以记之。

⑦击缺唾壶可儿少：《晋书》载王敦酒后，辄以如意击唾壶为节而歌魏武“老骥伏枥，志在千里”之句，壶为之缺。

⑧唐衢：唐中叶诗人，屡应进士试，不第。所作诗意多感伤。见人诗文有所悲叹者，读后必哭。时人称唐衢善哭。

⑨岂有焦原搏雕虎：焦原，山名，在山东莒县南，甚险，下临百丈溪，无人敢近。李白诗：“手接飞猱搏雕虎，侧足焦原未言苦”，足见其勇也。

⑩幸无扫地借长鲸：李白诗：“君王弃北海，扫地借长鲸”，言唐玄宗坐观安禄山势力恶性膨胀，养虎伤身，酿成惨祸。

南园夫子[1]游禹将归赋送 壬戌夏季

（一）

儿童竹马旧翻新[2]，佳话重传到颍滨。
历历鸿泥留指爪，飘飘鹤发见精神。
苍茫四海剩遗老，浑合一家狎故民。

底事相亲皆骨肉，从来善气最迎人。

（二）

玉树芝兰满谢庭，双随撰杖听谈经。
到来旧雨偕今雨，行处客星并德星。
手把一编《消夏录》，额存三字“坐春亭”。
当年缘会原无尽，重为此邦作典型。

（三）

好事是谁遣着魔，居然平地起风波。
武城何意偏逢寇，楚帐忽闻尽放歌。
诗后义熙题目简，话终天宝泪痕多。③
客中可有赏心处，书法山阴妙换鹅④。

（四）

留待秋风话正长，无端行李反仓皇。
二千里外恋三宿，十八年来笑一场。
知有前期何渺渺，生逢乱世更茫茫。
去思宜作新亭记，写到离情恐断肠。

注释：

①即曹广权，见卷二《送东寅先生》注。

②儿童竹马旧翻新：用后汉郭伋事，以颂曹氏。

③义熙：晋安帝年号。天宝：唐玄宗年号。大诗人陶渊明、杜甫分别于上述非常时期，诗风大变，故云。

④书法山阴妙换鹅：王羲之好鹅，遇山阴道士，应邀书写《黄庭经》，换取道士之鹅，成为书法史上一段佳话。

南园夫子将去禹，摄影印贻诸学子，奉题

莼鲈[1]有信忽骊歌，乞得长留法若何。
仙画东方遗像久，　佛供南海现身多。
爱陶只合劝孤影，　泛颍真教化百坡。
从此春风都识面，　日看老子兴婆娑。

注释：

①莼鲈：晋代吴中人张翰，居官洛阳，见秋风吹动，遂忆及家乡之莼菜、鲈鱼，乃毅然返乡。不久八王之乱起，张翰竟得以免祸，人称其达于先机。

送南园夫子到许归来赋遇

许昌两到隔三年，　送客离亭信黯然。
东汉已终没黄屋[1]，西湖[2]虽小艳红莲。
蝺来容足疑无地，　邂逅华鬘别有天。

但自洗心休洗耳③，琵琶一曲正参禅。许昌城外有小西湖之目。

注释：

①黄屋：天子所乘车以黄缯为里，称黄屋车。汉献帝禅位于许昌，故云。

②西湖：各地之湖称西湖者甚多，此指许昌西湖。

③洗耳：许由，上古隐士。唐尧曾欲将天下禅让于许由，许由认为自己的耳朵受到了玷污，遂以颍水洗耳。后来周武王分封诸侯，将许由的后人封于许，建立许国，都于许昌。

贺画三生子

大器从来须晚成，　根深蒂固发精英。
荔枝偏结侧枝果，子侧室生。
桂子长留冬树荣。子十月生。曹植诗“桂树冬荣”。
入梦相看敦复至，　驰书为报阿迟生。
无知莫更怨天道，　缺月圆时分外明。蓬仙每言画三只无子是一缺，今则益复圆满矣。

失　题

孤注全凭一掷难，　山重水复路漫漫。
魏王未免惜鸡肋[①]，汉帝何须食马肝。
花到暮春无久艳，　月过圆夜亦将残。
都言日近长安远[②]，多少矮人场内观。

注释：

①魏王未免惜鸡肋：曹操与蜀军相持于汉中，夏侯惇入问，操答以鸡肋。杨修曰："食之无味，弃之可惜：大王要退兵了！"

②日近长安远：晋元帝幼时，父皇曾问以长安与日孰近，答曰：举头可见日而长安不可见，故日近而长安远。后又问之，则答曰日远而长安近。父问其故，曰："闻有人自长安来，不闻有人自日边来，故尔。"

冕卿[①]为通志局采访归禹，事毕赴汴，赋诗留别，步韵奉答

（一）

领取莺迁求友声，　翻然云翼入鹏程。
《儒林外史》[②]资嘲谑，耆献类征杂品评。
旧署马曹称吏隐，冕卿旧作当涂令。

新留鸿印证诗盟。
指看送客亭前树，　柳眼青青无限情。

（二）

潭潭旧府榜南宫，冕卿世父孟芳先生，光绪庚辰进士。
奋起郊祁③才调同。冕卿兄弟竞爽。
对我开怀如朗月，　吹人满面是和风。
后庭柳絮赏吟早④，冕卿有才女，今方十二岁。
先世梅花传赋工。冕卿最工作赋。
此去汴南春色好，　无边万紫搭千红。

注释：

①宋庆端：字冕卿，禹州人，曾任河南通志局采访。

②《儒林外史》：清代吴敬梓著，小说刻画了各类知识分子的典型形象，讽刺明清时期的科举制度尤为有力。

③郊祁：宋代安陆人宋郊（即宋庠）、宋祁兄弟俱有文名，于宋仁宗天圣二年（公元1024年）同举进士，人称“二宋”。

④用谢道韫咏雪“未若柳絮因风起”事。

排　闷

（一）

秋到角山草自青，　解嘲聊筑子云亭①。
观书敢道眼如月，　揽镜早怜鬓有星。
忧国频年龙战野②，传家个日鲤趋庭③。
蠹鱼食字知多少，　乞作神仙竟不灵。

（二）

今古茫茫貉一丘，　问谁未死肯前休？
情长情短粘泥絮，　年去年来散水鸥。
随笔都归《遣日录》，狂歌分付《畏秋楼》。
惭将王济当孙楚，时孙子思昉同寓。
且放斯人尽出头④。

注释：

①子云亭：汉代大学者、词赋大家杨雄，字子云，当时为学界泰斗，著作等身，其著书处后人称“子云亭”。

②龙战野：《易》云：“龙战于野，其血玄黄。”本指阴阳交战，后人以形容群雄割据之政治局面。

③鲤趋庭：鲤，孔鲤，孔子之子。《论语·季氏》载孔鲤趋庭，孔子问其是否学诗，对以未学。孔子曰：“不学诗，无以言。”他日又趋庭，孔子又问起学礼与否，并教以“不学礼，无以立”。

④欧阳修主持会试，发现人才苏轼，乃大为叹服，曾言“老夫当放斯人出一头地”。此处斯人乃指其学生孙思昉。

自　嘲

清宵卧后思纷纷，　欲说平生恐厌闻。
处士老怀顾炎武①，秀才壮志范希文②。
和丸未及报慈母，　割肉从无遗细君③。
默诵杜诗成独笑，　安排明日且看云。

愚喜顾氏《日知录》，昔在上学时同学戏呼为《日知录》，至今此书仍置案头不释也。庚子年曾有诗云：“读史少慕范希文，第一流品真超群。忧乐早担天下任，如此秀才今几人”？盖以自况，今忆之可笑也！

注释：

①顾炎武：明末爱国志士，入清不仕，潜心著述，与同时期的王夫之、黄宗羲齐名。

②范希文：范仲淹，字希文，江苏吴县人，宋代名臣，曾领导庆历新政的改革，卒谥“文正”。

③细君：汉代东方朔之妻。见《汉书·东方朔传》注。

即　景

到眼随宜入画屏，　双分蕉绿上窗棂。
秋光已老院花紫，　生意尚馀庭草青。
不盼流云还吐月，　颇嫌疏雨太零星。
砧声怕是黄昏近，　捣作楚歌四面①听。

注释：

①楚歌四面：项王垓下被围，夜闻四面楚歌，其声悲凉，其八千子弟兵顿起思乡之情，遂散去。见《史记·项羽本纪》。

即　事

忙煞访碑足未停，　了无奇字到云亭。
坐愁中夏妖能乱，　欲叩长春仙不灵。
淡似菊花开有信，　清宜茶叶著为经。
雨催诗是诗催雨，　乞与潇潇彻夜听。

读史感刘项

各凭智力斗雌雄，　棋局初开对手逢。

五载汉臣功是狗[1]，一时楚将起如蜂。
抛书略学万人敌[2]，刻印趣销六国封[3]。
彼自天亡与天授[4]，群公何事久匈匈。项王谓汉王曰：天下匈匈数岁者徒以吾两人耳。

注释：

①五载汉臣功是狗：韩信助汉高祖刘邦统一天下。临当被刑，呼曰："高鸟尽，良弓藏；狡兔死，走狗烹。"

②万人敌：项羽少时，不屑于学书学剑，欲学万人敌，叔父项梁乃教以兵法。

③刻印趣销六国封：楚汉相争，项羽自称西楚霸王，并大封诸侯。有人劝刘邦也实行分封制，印已经刻好。张良认为不可行，予以制止，刘邦立即将印全部销毁。

④天亡与天授：项羽乌江自刎之时，曾叹道："天亡我也，非战之罪也。"张良每为刘邦划策，刘邦从谏如流。张良语人曰："沛公乃天授。"

又　作

对手棋先一着工，　遂教隆准胜重瞳[1]。
王基约法三章始[2]，霸气悲歌数阕终。
撞斗恼人嗤竖子[3]，分杯忍自诅而翁[4]。
莫言衣锦归怀楚，　何似魂犹乐沛中？[5]

注释：

①隆准胜重瞳：刘邦高鼻（隆准），项羽眸生双瞳（重瞳）。

②约法三章：刘邦入关中，除秦苛法，约法三章曰："杀人者死，伤人及盗抵罪。"民大悦。

③撞斗：鸿门宴上，项羽放虎归山。范增心憾甚，乃拔剑撞玉斗碎之曰："竖子不足与谋！"

④项羽抓住刘邦之父作为人质，要挟刘邦说，不降就要烹杀之。刘邦却不为所动，厚颜说道，你我曾结拜，我父即汝父也。你何时要烹，请勿忘分予我一杯羹。

⑤"莫言"二句：项羽欲衣锦还乡，不肯王于关中，竟以此败亡。刘邦王关中而得天下，晚年曾回故乡沛县，作《大风歌》。

县志局即事

穷途何地寄生涯，　权借修书度岁华。
略计新编俱有草，　敢言老眼尚无花。
真人近拜长春观①，古后初封本夏家。县本夏禹初封之国。
自昔颍川盛文物，　于今到处是悲笳。

注释：

①长春观：禹州城内道观，始建无考，元至正三年重

倪海军 作

建。1919年县志局设此观内，作者常住于观中修志。

林介堂暨配卢夫人七旬双庆征诗 代

（一）

北村结得共高栖， 老尚行歌恋故畦。
人以达尊奉耆艾， 天将纯嘏锡眉梨。
蟠桃共食仙为母， 罗蜜皈依佛有妻。
梱内新开同甲会， 恰宜生日百花齐。二月十五为百花生日，即先生弧辰①。

（二）

超然有道出羲皇， 仙枕携来同梦长。
诗祖梅花疏影句，君有《报梅轩诗集》。
姻连甲第郁金堂。
八龙三凤合才子，君子十一人。
四叶一棋②添小郎。君家尝一岁身、子、孙各举一男，连行四世。
莫但维摩羡居士， 法华经早绣眉娘。唐永贞年间，南海卢眉娘工巧无比，能于一尺绢上绣法华经七卷。

注释：

①弧辰：旧俗，凡家添男丁，则于门左悬弧矢，以明其期许之意。故称男子生日为弧辰。

②稘：通“期”，指一周年。

张仪部孟宾住禹，索诗书扇。先唱绝句一首，应以七言二律，愧不能工也

（一）

邂逅钓台得识韩[①]，三年且喜共盘桓。
时名原不争蜗角，宦味略曾食马肝。
闲溯流风思夏伯，懒寻陈梦说春官。君官清礼部主事。
只应还望长安月，为有清辉玉臂寒[②]。

（二）

筹笔驿[③]边即草庐，随营栖隐亦良图。
文都黄祖腹中有，智费桓郎囊底无。[④]
道是行军署司马，依然作客倚令狐。[⑤]
同袍记取秦风在，为赋小戎识大儒。[⑥]

注释：

①识韩：韩朝宗为荆州长史，多曾提拔英才。李白《上韩荆州书》称：“生不用封万户侯，但愿一识韩荆州。”后世称久闻而初见为识韩或识荆。

②化用杜甫《月夜》诗句：“香雾云鬟湿，清辉玉臂

寒。”张家近长安，故云“还望长安月”。

③筹笔驿：在今四川广安县西，传为诸葛亮驻军筹划之处。李商隐曾有诗咏之。

④黄祖：汉末军阀，依刘表据江夏。桓范，魏大将军曹爽谋士，人称智囊。曹爽不能用其谋，遂败于司马懿。

⑤“道是”二句：唐代裴度出兵，平定淮西军阀叛乱，韩愈曾为行军司马，随军建功立业。李商隐曾入令狐楚幕府，时当牛、李党争，互相倾轧，李商隐在夹缝中生存，终难施展大才。

⑥“同袍”二句：《诗经·秦风·无衣》：“岂曰无衣？与子同袍。”《小戎》亦为秦风篇名。

张君五十三岁自寿诗索和，即步原韵

（一）

敏捷文书下水船，　闲凭锦瑟思华年。

看花桂籍题金榜①，走马兰台②着玉鞭。

新试春衫惊白发，东坡诗：“白发苍颜五十三，家人强遣试春衫”。

久游秋浦谪青莲，太白《秋浦吟》：“薄游成久游”。

清吟便是长生诀，　乞与南山寿不骞③。莲韵联一作：“春梦了过空白发，仙才谪去老青莲”。

（二）

家阻岳峰玉女盆[4]，轻身万里傍君门。
本期早预琼林宴[5]，岂谓晚归细柳屯。
有例入赀学司马，无人分禄继公孙。[6]
贞元[7]朝士今谁在，往日郎潜[8]那足论。

（三）

乱世与君共暮年，一丝傀儡暗中牵。
时逢贾谊同流涕[9]，倘遇洪崖[10]定拍肩。
神武挂冠因国事，邯郸借枕了尘缘。
种瓜熟识青门路[11]，心远由来地自偏。

（四）

故园养静掩柴扉，且喜世情日渐稀。
杜甫屏居浑得醉，陶潜乞食可怜饥。
便随戎马纡筹策，久狎海鸥坐忘机[12]。
秋水伊人今宛在，同袍好为赋无衣。[13]

注释：

①看花桂籍题金榜：古代乡试，正当秋季桂花盛时，故称中举题榜为桂榜。

②兰台：汉代藏秘书之宫观，以御史中丞掌之，后又置兰台令史。班固曾任是职，故后世称御史台或史官，皆称兰台。

③《诗经·小雅·天保》："如南山之寿，不骞不崩。"不骞者，谓无亏损也。

④岳峰玉女盆：西岳华山的名胜之一，杜甫诗："安得仙人九节杖，拄到玉女洗头盆。"

⑤琼林苑在宋代汴京，进士及第，天子赐宴于此，称琼林宴。

⑥"有例"二句：司马迁以直言贾祸，又不肯援例入资以免刑，终遭腐刑之辱。公孙弘，少年家贫，奋发读书，武帝时对策第一，拜为博士，后官至丞相。其所得俸禄，皆分与宾客，已则脱粟布被。

⑦贞元：唐德宗年号。

⑧郎潜：汉颜驷自文帝时为郎，历景帝至武帝，三世不遇，老于郎署，见《汉武故事》。后以"郎潜"谓老于郎署，喻为官久不升迁。

⑨贾谊：汉洛阳人，文帝时上《治安策》、《陈政事疏》言天下事，称"可为痛哭者一，可为流涕者二，可为长太息者六"。

⑩洪崖：上古仙人名。

⑪种瓜熟识青门路：《史记》记载，召平，故秦东陵侯。秦破为布衣，种瓜于长安城东。李白诗："青门种瓜人，旧日东陵侯。"

⑫久狎海鸥坐忘机：《列子》中说，某海滨少年日与海鸥相狎。一日其父要少年将海鸥捉回家中，少年刚刚萌生机心，立即被鸥群所觉察，再无一只海鸥肯与少年接近。坐，因为。

⑬秋水伊人，出《诗经·蒹葭》；同袍，出《诗经·无衣》。

逊卿寓城授徒，见辄索诗，率赋为赠

（一）

倾身消得一青毡，　清福年年自在天。
富累千金无市气，　教同万石[①]有家传。
体夸罗汉心原佛，　文写麻姑字亦仙。
素识孝先经笥满，　莫嘲大腹只便便。

（二）

豆棚瓜架竹方床，　满院花开细细香。
消夏湾成随暑潦，　长春观近接清凉。时多雨水，余寓长春观与君塾近。
羡君有道同南郭，　愧我无诗继北王。
更喜买邻陈寔[②]在，肇卿与君同院。相过每与送斜阳。

注释：

①万石：汉代石奋及其四子皆官至二千石俸禄，景帝乃称其为万石君。又后汉秦彭，其六世祖袭为颍川太守，与群从同时为二千石者五人，亦称万石秦氏。

②陈寔：汉颍川人，桓帝时为太丘长。凡有讼事，皆

求其予以判正。世人赞曰："宁为刑罚所加，勿为陈君所短。"此处代指陈嘉桓。

大　雨

白波一片乱浮沤，　顷刻水盈丈八沟。
云低直恐天将压，　雨暴真疑海倒流。
树梢飞涛成瀑布，　地中拥屋作行舟。
早是草荒浑烂死，　禾头生耳最伤秋。

即　事

别无家事只诗篇，　引诱少年学乐天①。
三径②草深新雨后，一畦花放晚风前。
浮生不觉白头老，　住世原为赤脚仙。
过去未来都莫问，　且凭现在好随缘。

注释：

①乐天：唐代大诗人白居易，字乐天，发起新乐府运动，其诗深厚丽密而平易近人，影响深远。

②三径：汉杜陵人蒋诩，尝于舍前竹下开三径，惟故人羊仲，求仲从之游。后引申为隐士居所。陶潜《归去来兮辞》："三径就荒，松菊犹存。"

志局独坐，凄然不乐，有作 甲子九月

商声[①]满地不堪听，遍洒江山战血腥。
乱世更逢贫病老，孤身相伴影神形[②]。
四年寄食长春观，三代征文古夏亭。
木叶而今摇落尽，剧怜秋草为谁青。

注释：

①商声：指秋声。欧阳修《秋声赋》："其在乐也，商声主西方之音。商，伤也，物既老而悲伤。"

②影神形：晋陶渊明曾将自身生命一分为三，作《形影神三首》，三者互相问答，最后由神作出结论，人生应不忧不惧，融身大化，顺乎自然。

感事有作 在长春观

落叶萧萧声满庭，凄凉疑是《雨淋铃》[①]。
无端蜗角战蛮触，何似蛾眉斗尹邢。张船山诗云："明修栈道通秦蜀，暗画蛾眉斗尹邢。"
当路谁能调玉烛，旁人只合倒银瓶。[②]
欲回浩劫凭三宝，个里丘仙有道经[③]。

注释：

①《雨淋铃》：曲名，也作雨霖铃。传说唐玄宗幸

蜀，霖雨弥旬，行于斜谷中栈道，思杨贵妃之死，闻铃声而益悲，乃度此曲，以传于世。

②玉烛：《尔雅》：“四时和谓之玉烛。”指恒久和平而无战事。银瓶：岳飞幼女，名银瓶，闻其父被害，投井而死。

③三宝：道家称人之精、气、神为三宝。丘仙，指道家丘处机。因战火不熄，有多人在长春观中祈祷仙灵，以盼和平，故云。

乙丑春暮更来长春观，感旧有作

久傍仙居览物华，　可怜劫后[1]不宜家。
难忘娇女朝呼饭，　尚想老妻夜纺纱。
门外两尊青石兽，　墙东一树紫桐花。
风光依旧偏寥落，　满院更无噪晚鸦。旧年观中乌栖满院，今则众鸟高飞尽矣。

注释：

①劫后：原陕军曹士英部驻禹，鱼肉百姓。禹商会联络驻郏之镇嵩军，于甲子年除夕攻入禹城。双方展开血战，全城死五千余人。曹部离禹，又将禹城洗劫一空。

画三索诗书扇，有感，率赋二首

（一）

蓦游羿彀[①]幸逃生，应识苍天有玉成。
金为炼过真宝贵，　月从蚀后倍光明。
沧桑惯见无安土，　风雨谁叫忽满城。
万事人间都莫管，　相逢且约倒银罂[②]。

（二）

山阳笛[③]里一声声，新鬼故人几怆情。
剩我亦徒伤老大，　多君终不负生平。
信能有口品长短，　久已无心观输赢。
居宅劫灰飞去尽，　好催饮雪草堂成。

注释：

①羿彀：羿，上古善射者，传说其曾射落九日；彀，拉满的弓。能逃脱于羿之弓下，则其惊险可知，侥幸可知。兵乱之后，痛定思痛，不能不心存余悸。

②罂：酒器。

③山阳笛：魏晋之际，向秀与嵇康、吕安相善。二人为司马氏所杀，向秀途经山阳旧居，闻邻人笛声而感念故友，乃作《思旧赋》。后以山阳笛为怀旧之契机先导也。

岐瑞[1]年来善农，索诗书扇，即缘此意赋赠乙丑六月

（一）

记得相偕入泮宫，　青红队里说仙童。

蓬蒿径满来羊仲，　丝竹堂同拜马融。[2]同师子安先生。

人品梅花谁冷淡，　文章秋水等清空。

只今才笔浑无用，　老去颓然田舍翁。

（二）

相逢只喜话桑麻，　生反无涯知有涯[3]。

仲景远孙仍世业，君家累世行医。

子房故里更邻家。[4]君居张得镇，相传为子房故里，君宅又邻子房祠。

还因炳烛温书卷，　惯向荷锄看月华。

尽说风来千里好，　冷然[5]吹上葛衣斜。昨说："田间之乐，千里风吹不知暑"。

注释：

①张凤鸣：字岐瑞，曾参与《禹县志》纂修，任采访与校对。

②"蓬蒿"二句：参见前"三径"及"绛帐"注。

③《庄子》："吾生也有涯，而知（智）也无涯。"此句正话反说。

④张仲景：汉代著名医学家，世称医圣，著有《伤寒论》；张良：字子房，汉初“三杰”之一。

⑤冷然：疑是泠然之误。风既为好风，当以泠然为佳。

九日[1]翌夜感赋二首

（一）

催租败兴久无聊[2]，愧未依辰一和陶[3]。
指数菊花无我瘦，仰看松树比人高。
白头宁耻儒生服，黄口争荣战士袍。
说与民情都不省，风云会上作英豪。

（二）

洞庭波起浙江潮[4]，卷地飓风正怒号。
一雨今宵贪坐久，重阳昨日罢登高。
菊花开后多思酒，梧叶落中自读《骚》。
道是屠酤识时务，争教群盗总如毛。

注释：

①九日：指农历九月九日重阳节。

②催租败兴久无聊：葛立方《韵语阳秋》载宋代谢无逸问潘大临：“近日曾作诗否？”潘云：“秋来日日是诗思，昨日捉笔，得‘满城风雨近重阳’之句，忽催租人至，令人

意败。”

③和陶：苏东坡深爱陶诗，晚年尤笃，于陶诗多有和作。

④洞庭波起浙江潮：浙江潮兴于秋，以气势称，洞庭波亦专指其秋波。《楚辞·九歌·湘夫人》：“袅袅兮秋风，洞庭波兮木叶下。”

即　事

（一）

三分春色二分终，　十日层楼九雨风。
生怯天寒留悄悄，　正防花暖去匆匆。
柳垂塘畔千丝绿，　杏出竹林一抹红。
待过清明山欲笑，　寻诗长满锦囊[①]中。二月尽日。

注释：

①锦囊：唐代李贺，每乘兴骑驴外出，小厮辄负锦囊相随。若有诗作，则书之付小厮，贮于锦囊之中。

续　作

未脱重裘三月时，　信宜老去愿春迟。
菜花黄遍东西亩，今年菜花独盛。

杨柳绿分上下池。宅门前两池上多杨，下多柳。

自负读书浮白[1]兴，谁订载酒踏青[2]期。

家居原比客中好，　十里山光总故知。

注释：

①浮白：罚人饮酒曰浮，饮讫举觞告干曰白。此处但言以书下酒，边饮边读。

②踏青：清明日出游称踏青。

久　雨

一暴十寒生已亏，　淫淫尚尔竟何为？

云中日怯全身现，　雨里月羞半面窥。日属半圆，尚未见月。

暂出未须春服换，　深居犹是绣帘垂。

连番风每误花信[1]，羯鼓催开知有谁？

注释：

①连番风每误花信：江南自春至初夏，每五日一候，必有一花应时而开。应花期而来之风，称为花信风。其中梅花风最早而楝花风最迟。

喜 晴

绿暗红稀久懒游，　暮春一似入深秋。
晚晴乍放日沉阁，　明月初升人依楼。[①]
犹有飞花沾雨湿，　只将细水带云流。
东风一夜吹寒尽，　宿麦新抽压满畴。

注释：

①“晚晴”二句：化用唐许浑诗：“溪云初起日沉阁，山雨欲来风满楼。”

郾城怀古并游览所感，吟奉思昉暨党君范九、郭君子廉、顿君蔚南诸贤，即以留别 戊辰九月

（一）

为仰花封到郾城，　挑灯思古发幽情。
唐于洄曲平淮乱[①]，齐以召陵及楚盟[②]。
宦绩应追苏令尹[③]叔党，家乡喜近许先生[④]叔重。
偶寻胜迹经行处，　岳庙陈祠[⑤]一例倾。

（二）

为有老成旧典型，　遂教狂阮眼双青。
前宵早是来今雨，久旱到此得雨。故郡依然聚德星。
难得民歌载通道，　不妨兄事集公庭。
环城雅擅沧洲⑥趣，　且请添修吏隐⑦亭。

（三）

错误鄙城是武城，　牛刀小用割鸡轻。
定知偃室得人早，　能识澹台因吏明⑧。谓子廉。
出入戴星⑨皆德意，到来听雨足欢声。到此两度听雨矣。
此邦不比潢池⑩地，为报漯平似镜清。

（四）

最喜士林尚说经，　每逢名迹足频停。
假山斜卧太湖石，　残匾高悬仿灊亭。
司马⑪军歌自悲壮，佳人乐舞故娉婷。
即今我亦留鸿爪，　空累各家倒酒瓶。

注释：

①唐于洄曲平淮乱：裴度平定淮西之乱，事在唐宪宗十二年（公元817年）。

②齐以召陵及楚盟：鲁釐公四年（公元前656年）齐桓公伐楚，齐楚立召陵之盟。

③宦绩应追苏令尹：苏东坡次子苏过，字叔党，人称小坡。曾官于此，有政声。

④家乡喜近许先生：汉代文字学家许慎，字叔重，曾著《说文解字》，是中国第一部系统有序的字典。

⑤岳庙陈祠：周武王分封诸侯，以舜裔胡公封于陈。此处旧属陈国，故有陈祠。岳飞曾大战金兀术于此地，故有岳庙。

⑥沧洲：水滨，言隐者之所居处也。陆云文：“沧洲遁迹，箕山辞位。”

⑦吏隐：古称身居庙堂而心在江湖为“吏隐”。

⑧能识澹台因吏明：澹台灭明，字子羽，春秋武城人。貌丑，初师孔子，孔子以其材薄。既受业，谨修持。孔子叹曰：“以貌取人，失之子羽！”

⑨出入戴星：《吕氏春秋》载，孔门弟子“宓子贱为单父宰，鸣琴不下堂而单父治。巫马期为单父宰，戴星而出，戴星而入，单父亦治”。

⑩潢池：指盗匪肆虐之地。《汉书》：“其民困于饥寒而吏不恤，故使陛下之子盗弄陛下之兵于潢池中耳。”

⑪司马：周代为六卿之一，汉代为三公之一，掌国家军旅之事。汉乐府有《司马将军歌》，以沙场报国为主题，其声悲壮。

卷五　五言绝句、七言绝句（一）

五言绝句

率　吟

一卷东坡诗，　一篇游侠传[①]。
读之每自遣，　百回百不厌。

注释：

①游侠传：指《史记·游侠列传》。盖东坡之诗与游侠传，虽旨趣迥异，其痛快淋漓，则归于一途，宜乎作者百读而不厌。

王君明甫索题画屏四首，画曹君荆三作也[①]

（一）

冷艳一枝横，　玉壶映日莹。
此君从尔后，　并作圣之清。画梅一枝插壶中，下衬竹数叶。

（二）

寂寂山阴里，　无风自生香。
尚嫌屈平[②]辈，何事怨孤芳？画兰一枝生峭崖下。

（三）

臭味得同心，　论交遇此君。

浅深随器量，　相依保清芬。画竹配以兰。竹插瓶，兰养盆。

（四）

正宜作瓶隐，　从此不须开

为有引年药③，秋容无复衰。画菊插瓶中，下附昌蒲一丛。

注释：

①曹金品：字荆三，号铁生，禹州书画家。这是诗人为曹画所题诗。四首分题梅、兰、竹、菊，画肖其貌，诗彰其神。梅之冷艳，兰之芳香，竹之清芬，菊之隐德，无不恰如其分，曲尽其妙。

②屈平：即屈原，战国时期伟大的爱国诗人，创楚辞体，其诗多咏兰之名句，如："余既滋兰之九畹兮，又树蕙之百亩。""朝饮木兰之坠露兮，夕餐秋菊之落英。"

③引年药：即延年药。韩愈《进学解》："而訾医师以昌阳引年，欲进其苓也。"

题春联画二首

（一）

问花如解语[①]，呼鸟不知名。
何用分花鸟，　一般春意生。

（二）

花本最宜鸟，　鸟还都恋花。
各因春色好，　相约到山家。

注释：

①解语：五代王仁裕《开元天宝遗事·解语花》记，“秋八月，太液池有千叶白莲数枝盛开……左右皆叹羡久之，帝指贵妃示于左右曰：‘争如我解语花？’”后世以花喻人，常称解语花。

七言绝句（一）

李夫人[①]二首

（一）

初藏金屋[②]继离宫，恩幸由来少始终。
早入荚陵[③]原妾命，免教团扇弃秋风[④]。

（二）

眼中多小可儿[5]坟，绣袄落花带日曛。
命短却留千秋爱， 胜他白发著青裙。

注释：

①李夫人：汉武帝宫人，命短，武帝深怀之而作《秋风辞》。

②初藏金屋：用汉武帝金屋藏阿娇典，见前注。

③荚陵：即茂陵，为汉武帝之陵也。

④免教团扇弃秋风：汉班婕妤诗："新制齐纨素，皎洁如霜雪，裁成合欢扇，团圆似明月……常恐秋节至，凉飚夺炎热，弃捐箧笥中，恩情中道绝。"

⑤可儿：可心之人，令人满意之人。

拟尤西堂《反昭君怨》二首

（一）

艳色端宜斗尹邢[1]，胭脂山下郁芳灵。
秋风多是知天意， 一样荒坟草独青。

（二）

嫔娥多少老秋风， 独抱琵琶出汉宫。
阏氏[2]争如皇后贵，深恩难报是毛公[3]。

注释：

①尹邢：尹夫人、邢夫人皆为汉武帝宫人。

②阏氏：汉代匈奴王后称阏氏。

③毛公：汉宫画师毛延寿，画昭君容貌失真，直至昭君出塞之时，汉元帝方知昭君之大美，乃斩杀毛延寿。

馆黄氏感怀

春愁都到月生初，　春浅愁深梦也无。
料得红闺仍抱病，　女儿睡后一灯孤。

《张船山[①]诗钞》题辞四首

（一）

寻春杜牧[②]喜谈兵，知是风情出性情。
题壁宝鸡原绝世，　侬家偏爱赋西征。

（二）

身分自高信不差，　千秋第一咏梅花。
就中拈出真空悟，　压倒孤山处士[③]家。

（三）

客星何事怅天涯，　北马南船处处家。

妇艳竟然将子折，　一生看足是梅花。

（四）

体格风流气息沉，　縠人兰士共知音④。

生憎五日为京兆⑤，才子只宜作翰林⑥。

注释：

①张船山：张问陶，因故乡四川遂宁城郊有一座孤绝秀美的小山形如船而自号之。乾隆时进士，官至翰林院检讨，都察院御史，吏部郎中。清著名诗人，后辞官病卒。

②杜牧：唐代杰出的诗人，其诗豪迈俊爽，而寄托远大。继盛唐李杜之后，与李商隐又合称为“小李杜”。喜谈兵，曾为《孙子兵法》作注。

③孤山处士：林逋，字和靖，宋初诗人，隐于孤山二十年，喜种梅养鹤，人称“梅妻鹤子”。其咏梅诗句“疏影横斜水清浅，暗香浮动月黄昏”向来被推为绝唱。

④言其诗雅俗可以共赏也。

⑤京兆：地名，汉置，与左冯翊、右扶风合称三辅。后亦称京都之地为京兆。

⑥翰林：古设内廷供奉，掌秘书著作之官。其办公机构则称翰林院。

题《随园诗话》

酿雪冻云划不开，　几多快事入怀来。
消寒会上知心友，　双抱红炉说子才。

杜庄邀杜子少台[①]二首

（一）

制曲原来是效颦[②]，敢将下里和阳春[③]。
久向周郎邀一顾[④]，落花时节不逢君。

（二）

来迟底事更姗姗，　高坐云中不降坛。
诗法比如符法妙，　九天一霎落飞仙。

注释：

①杜子少台：杜希春（1859—1911），字少台，禹州杜庄（今属禹州褚河乡）人。清末秀才，执教为业，能诗，善书，作剧本多种。

②效颦：东施效颦，谓丑女东施误以美女西施之美在于其颦（皱眉），亦效其颦，却愈见其丑。

③敢将下里和阳春：下里、阳春，皆古代歌曲。宋玉《对楚王问》：“客有歌于郢中者，其始为《下里巴

人》，国中属而和者数千人……其为《阳春白雪》，国中属而和者不过数十人。是其曲弥高，其和弥寡。”此以杜之诗为阳春，而谦称己诗为下里也。

④周郎：指三国时期名将周瑜，他妙识音律，江东盛传曰：“曲有误，周郎顾。”

杜少台过余题壁回赠

十年盼断高轩过，　到此始闻一放歌。
天为柴门生野韵，　碧纱笼[1]处月明多。

注释：

①碧纱笼：王播贫时，尝客居扬州木兰院随众僧用斋饭。僧厌之，斋罢方击钟。王播题曰：“上堂已散各西东，惭愧阇黎饭后钟。”后二纪，播居官镇扬州，访旧时所题句，已被碧纱笼罩，保护起来。乃续题曰：“二十年来尘扑面，而今始得碧纱笼。”

《垂香楼略钞》[1]题辞

道学先生偏好诗，　诗中无处不天机[2]。
少年原是真才子，　变相犹留笔一枝。

注释：

①清代禹州马时芳诗集。马时芳，字城之，号平泉，于陆、王心学研究最力，著述百卷之多，尤擅诗书。

②天机：天然之机趣。王维《山中与裴迪秀才书》："非子天机清妙者，岂能以此不急之务相约？然是中有深趣矣！"

戏题小仓山房诗

（一）

仙翁也自爱红尘[1]，享受人间八十春。
怪底有情如许甚， 前生原是一花神。

（二）

不隐不官不故乡， 神仙富贵味都长。
随园弟子多儿女， 嫡派先传到许郎。许郎，梨园弟子也。子才在京狎之。

注释：

①红尘：本指热闹繁华之处。后与所谓仙界相比而言，也称人间社会为红尘。

三峰山矿务公司即事

坐收百里远山光，　一卷残诗寄病床。
梦里忽惊秋信到，　罗衾风送五更凉。

调煤夫 癸卯在三峰山作

导入三危[①]墨水存，哄然九地[②]聚劳薪[③]。
竭来能博先生笑，　幻出文房十二神。

注释：

①三危：山名，在今甘肃敦煌，传说舜窜三苗于此。

②九地：深藏之地。《孙子兵法》：“善守者藏于九地之下，善攻者动于九天之上。”

③劳薪：始见《晋书》“此劳薪所炊”，本指故车脚为薪，此处乃指煤也。“导入”二句，总写煤之地下形成过程。

坐飞字房[①]

窗开三面小茅庐，　镇日先生此读书。
人海声中还习静，　淡怀比似月轮孤。

注释：

①飞字房：旧时煤矿售煤开票处。处此人海声中，保持淡怀如月，能够静心地读书，诚为不易，足见作者之定力。

即　事

买得寒瓜涤肺清，　炎风郁郁噤无声。
狂奴故态今犹是，　赤足长伸卧月明。

读《船山诗钞》[①]二首

（一）

新城宗派喜风神[②]，点染太多失性真。
别有一编消白昼，　船山诗格总清新。

（二）

借得诗篇手自钞，　空灵[③]那复费推敲。
不关人籁关天籁[④]，明月清风度玉箫。

注释：

①《船山诗钞》：清代诗人张问陶，号船山。作者另有《张船山诗钞题辞》，另有诗注提及张船山诗。

②风神：风采神韵。

③空灵：超逸灵活，不着迹象。

④不关人籁关天籁：《庄子》："汝闻人籁而未闻地籁，汝闻地籁而未闻天籁。"天籁常指自然界各种美妙的声音和谐地迭加而成的总和。人籁则指人为发出的声音的总和。

观剧二首

时演《二度梅》[①]，生孅旦妍，故戏咏之。

（一）

二度梅花疑有无，　大家风范是陈姑。
西风洒遍离情泪，　幻出昭君上马图。

（二）

梅郎措大杀风流，　何福得登萧史楼？
看到崇台[②]伤别处，南天北地总生愁。

注释：

①《二度梅》：戏曲名，以梅良玉与陈杏元的悲欢离合为主线，写唐代宫廷忠与奸的斗争。以梅开二度之奇迹，象征梅氏之沉冤得以洗雪。以大团圆剧终。

②崇台：受奸臣卢杞之操弄，陈杏元曾被迫远嫁，出

塞和番，与汉代昭君之遭遇有所相似。梅与陈在崇台相别，悲情达全剧之高潮。

即　景

（一）

乱石罅中流水声，　乘凉濯得足双轻。
心如明月无人管，　笑数三峰一样青。

（二）

参差石磴履如梯，　中有瀑泉散野溪。
最上一层天更敞，　隔窗看到远山西。

志明远楼题壁 并序

癸卯春闱[1]，见明远楼题一新诗，墨痕未干，题为《悼亡妾乔氏》，款为江西杨裕宗，续来甫三惺题于斯楼，其诗曰：“楼开明远接天高，几度登临赋大招[2]。人世还期通一面，烛光拼更续三条。浮名过眼生原淡，旧爱牵心死不消，今夕月明更惆怅，祝卿来慰可怜宵。”词旨皆佳，亦春官故事之一则也。余作二绝句以志之，遗其一首，兹录一首如左。

倪海军　作

谯楼陡变作红楼，　谁染胭脂自写愁？
一缕心香千点泪，　小乔夫婿太风流。

注释：

①春闱：闱，考场也。明清旧制，每隔三年秋天在各省举行一次乡试，称秋闱。考中者称举人。次年春，各省举人齐集京城参加会试，称春闱，考中者称为贡士。

②大招：战国末年，楚国屈原投江死，景差曾作《大招》而为屈原招魂。此处仅取其招魂之意而不关屈原事。

率　咏

（一）

风情久已薄如纱，　碧玉最怜是小家[①]。
昨日莫愁湖畔过，　错将人面认桃花[②]。

（二）

生作恨人[③]恨不穷，眼中到处可怜虫。
花飞莫遣随流水，　分付东风转落红。

注释：

①《古碧玉歌》有“碧玉小家女，不敢攀贵德”之

句，后世因称小家女为碧玉。

②人面认桃花：化用唐崔护诗句："人面不知何处去，桃花依旧笑春风。"

③恨人：江淹《恨赋》称，"仆本恨人，心惊不已，直念古者，伏恨而死。"

本事二首

（一）

狂蝶乱蜂总恼人，　也随风月醉红裙。
西湖佳话卿知否？　浅草青青苏小[1]坟。

（二）

一树枇杷亦解愁，　十年杜牧梦扬州[2]。
春花秋月匆匆过，　冷落人间薄倖楼。

注释：

①苏小：苏小小，传说为南齐名妓，青楼才女。曾与豪门公子阮郁有过美好的爱情故事。死后葬于西泠之坞。

②十年杜牧梦扬州：杜牧《遣怀》："十年一觉扬州梦，赢得青楼薄幸名。"

赴吉林提学司幕，夜宿双岭子驿，早发有作 并序

客岁[1]赴吉林提学司[2]署，过长春，夜宿双岭子驿。早发苦寒，因感孟东野《游子吟》，甫诵二句，痛不成声！又诵《西厢曲》莺莺嘱张生二语“荒村雨露眠宜早，野店风霜起要迟”，不觉百感交集，泪如雨下。至今刻画于心，不能忘焉。为作一绝纪之，亦生平一泥爪也。庚戌季冬月自识。

关外风沙漠漠飞，　桃花马后想依稀。
飘萧野店鸡声里，　欲说家山泪满衣。

陈玉齐《出山海关赋诗》有云：“马后桃花马前雪，教人那得不回头”。

注释：

①客岁：去年，即己酉年。

②提学司：宋置提举学事司，掌一路州县之学政。清改为提督学政，掌全省之教育。1905年（光绪三十一年）设吉林提学司。

己酉年家居即事

田家风物即仙机[1]，莫误天伦[2]怅别离。

室有书声吉祥甚，　女儿清诵《木兰诗》。

注释：

①田家风物即仙机：言田园之风光物态，充满自然之生机。

②天伦：《谷梁传》称："兄弟，天伦也。"指兄先弟后，为天然之伦次，后亦称父子关系为天伦。本诗写到女儿清诵，父亲的清赏，便是天伦之乐的真实写照。

己酉十月二十一日，由彰德赴京过邯郸怀卢生[①]事。惜火车匆匆，不及一谒卢生祠，车上口占志感

醒也是愁梦也愁，　梦中无分到公侯。

而今悟得浮生理，　不向神仙借枕头。昔有咏卢生者，曰："四十年来公与侯，虽然是梦也风流。我今落魄邯郸道，愿向先生借枕头。"

注释：

①卢生：指卢生于邯郸道旅舍中之黄粱一梦，见《枕中记》。卢生悟得浮生之理，借助于枕，在黄粱一梦之后。作者不需梦枕，先自悟彻，因为他做梦也不会想到封侯之事。

闻日本伊藤博文[1]被韩人安荫接刺死

（一）

发短心长老不休，　弹丸双手弄寰球。
传闻蛮触重开战，　大地血潮一剑收。近屡有日俄失和之论，伊藤一死，此后或幸无敌乎！

（二）

幕开廿纪变风云，　当道老罴独此君。
赢得大名垂宇宙，　输他游侠传中人。

（三）

男儿有血剑无情，　家国重时身命轻。
汝自杀人人杀汝，　英雄两字误先生。

（四）

早闻擒贼先擒王，　五步血流即战场。
亡国小奴监国主，　千秋姓字定谁香。

注释：

①伊藤为日本近代政治家，明治九元老之一，首任内阁首相，任内发动了中日甲午之战。

吊韩刺客安荫接刺日本伊藤博文

（一）

狭路相逢赤一刀，　国仇国耻遂全消。
倾身拼作奇男子，　鸭绿江翻血海涛。

（二）

博浪沙[①]中扬国光，一椎竟得报韩亡。
天东新筑要离[②]塚，侠骨千年发土香。

注释：

①博浪沙：地名，在河南阳武县。张良曾偕力士以大铁椎狙击秦始皇于此，误中副车。

②要离：春秋时刺客，为吴国第一勇士。专诸既刺王僚，吴公子光又遣要离刺杀其子庆忌。

画三七夕纳姬，作四绝句贺之庚戌初秋之月作于观成楼

（一）

喜看牛女会天河，　随有小星凌碧波。
今夕真逢三女粲，诗：“今夕何夕见此粲者？”郑笺：三女为粲，丈夫一妻二妾。恰合今日事情。须防妒宠掷金梭。

（二）

银河岂同妒妇津，小星㲉㲉拜天孙[①]。
几多离恨风吹散，不向鹊桥认泪痕。是年此夕无雨。

（三）

欢会何须泪雨零，银河今夕倍风情。
天孙巧媚牵牛意，乌鹊桥边媵小星。

（四）

不将肃肃怨宵征，嘒被小星一样明。[②]
同指银河盟白水，支机石上认三生。

注释：

①天孙：星名，即织女星。《史记》称，“织女，天女孙也。”

②“不将”二句：化用《诗经·召南》句：“嘒被小星，三五在东。肃肃宵征，夙夜在公。”

挽杜少台 并序　辛亥春作

少台先生学行道艺有口即碑，春风坐我，霁月照人，游其门者无不感倾。今日月有时，将葬矣，学者合以请曰“愿有述也”，余以凡百事实以付墓志，取易讽诵宜莫如诗，凡十六章以代《薤露》[①]。

（一）

谪仙非谪乃其游，　兴尽翩然返玉楼。[②]
剩有锦囊诗一卷，　留来人世话风流。

（二）

天胡此醉丧斯文，　物是人非怆我神。
满目春光无好兴，　游车怕望西州门。

（三）

芝焚蕙叹有谁怜，　从此牙琴[③]不复弹。
欲作黄门《思旧赋》[④]，泪花打并墨花干。

（四）

罡风吹落少微星[⑤]，死友自怜范巨卿[⑥]。
今世与君留旧约，　西泠石畔认三生[⑦]。

（五）

弱冠风流掩玉台[⑧]，逐年逐月笔花[⑨]开。
文章至竟能憎命，　罗隐[⑩]江东老秀才。少台十八岁入泮，竟以一衿老。

（六）

丝竹每闻喧后堂[⑪]，少台工音乐，丝竹无所不晓。
传经人共拜安昌。

一从曳杖新歌后，　绛帐凄凉一瓣香。少台授徒三十年，数郡之内为一大师。

（七）

汉篆秦碑积满簏，　好难嗜苦有痴情。

不堪扬子[12]草玄罢，宅畔草埋问字亭。少台好蓄秦汉碑版，又好讲小学训诂。

（八）

旗亭画壁[13]动双鬓，曲子先生一散仙。

肠断梨园重话旧，　江南人痛李龟年[14]。少台自撰杂剧流传于世，余赠诗曾以曲子先生嘲之。

（九）

九流自昔数阴阳，　疑鬼疑神寄兴长。

郭璞[15]岂非真达者，遗经犹自宝青囊。少台一生信堪舆[16]，然持之有故，言之有物。

（十）

非俗非僧韵自高，　每从旷达见牢骚。

王杨卢骆[17]当时体，剩粉残脂画六朝。少台工骈体文。

（十一）

一写《兰亭》即乱真，墨光触处便生春。

君身自是有仙骨，　不借金丹化右军[18]。少台工书法，真草皆妙，论字以右军为主。

（十二）

语过九译尚聪听，　顺口能传竺国[19]经。
地籁自同天籁妙，　神游早度化人城[20]。少台精等韵之学，以印度翻切证之，触处皆通。

（十三）

杞人底事自忧天，　被发百年识伊川[21]。
太息铜驼荆棘卧[22]，不堪尘世住真仙。少台痛世心切，每与余相对太息。

（十四）

每逢秋雨病相如[23]，无复鹔裘当酒符。
此日封禅问遗稿，　广陵散[24]尽茂陵书。少台遗文随手散尽，欲从其家求之，亦不可得矣。

（十五）

新墨能生壁上花，　高轩曾记到山家。
人琴此日感俱去，　拨尽青苔笼碧纱。少台前年到我家，题壁上《山居》七律一首，甚工。当爱护之。

（十六）

知君方死定方生，　天上人间旧有名。
隔世或能通一梦，　焚香哭祝芙蓉城[25]。

注释：

①《薤露》：汉高祖定天下，召田横，田横自杀。其部下五百人，闻之皆自杀。世人哀而作《薤露》、《蒿里》以悼之，后世沿之成为挽歌。

②“谪仙”二句：本指李白。然“玉楼”、“锦囊”皆李贺故事。玉楼：指仙界之玉宇琼楼。李商隐《李贺小传》云，李贺将死，有绯衣人召之，曰：“帝成白玉楼，立召君为记……”

③牙琴：即伯牙之琴。钟子期死，俞伯牙痛失知音，终身不复弹奏。

④黄门《思旧赋》：向秀曾任黄门侍郎散骑常侍。嵇康罹难，向秀作《思旧赋》悼之。

⑤罡风吹落少微星：罡风，高空之风。少微星，星名，即处士星。

⑥范巨卿：汉代范式，字巨卿，与张劭为挚友，梦劭告其已死，式素服奔丧，劭果然已死，遂如期赴丧。事见《汉书·独行传》。

⑦三生：即佛家所称之前生、今生、来生，亦称三世。三生石，见前注。

⑧玉台：梁简文帝好艳诗，乃令徐陵集之，称《玉台新咏》。

⑨笔花：传说李白少年时曾梦笔颖生花，自此天才倍增，此乃妙笔生花之所本。

⑩罗隐：唐末诗人。

⑪丝竹每闻喧后堂：用后汉马融故事，见卷四《贺蓬仙》注。

⑫扬子：即汉代学者杨雄，曾著《太玄经》。详见前注。

⑬旗亭画壁：唐代诗人高适、王昌龄、王之涣三人饮于旗亭，听伶人歌其诗，三人画壁以赌胜。事见《集异记》。

⑭李龟年：唐天宝年间梨园乐师，杜甫曾有诗赠之曰："歧王宅里寻常见，崔九堂前几度寻。正是江南好风景，落花时节又逢君。"

⑮郭璞：晋代诗人，世传其诗，多游仙诗。

⑯堪舆：古地理风水之学。

⑰王杨卢骆：唐初诗人，以王勃、杨炯、卢照邻、骆宾王名声最著，称"初唐四杰"。

⑱王羲之：曾任右军将军，千古书圣，其行书代表作《兰亭集序》，称"天下第一行书"。

⑲竺国：古称印度为天竺国。

⑳化人城：佛教指小乘佛教所臻之境界。

㉑伊川：宋代理学家程颐，号伊川先生。

㉒太息铜驼荆棘卧：《晋书·索靖传》称，"靖有先识远量，知天下将乱，指洛阳宫门铜驼叹曰：'会将汝在荆棘中耳！'"

㉓每逢秋雨病相如：汉代司马相如，辞赋大家，临终遗《封禅书》。此句从李商隐诗"休问梁园旧宾客，茂陵秋雨病相如"化出。

㉔广陵散：晋代嵇康，遭司马昭杀害。临刑之际，索琴弹《广陵散》一曲，叹曰："此曲从此绝矣！"

㉕芙蓉城：欧阳修《六一诗话》载，石曼卿卒，故人有见之者，恍惚如梦，言我今为仙，所主芙蓉城。

题少台杂剧

曲子先生绝世才，　自调宫律自开怀。
红氍毹上红牙板[①]，好唱君家《红绣鞋》[②]。

此首与旗亭一首意同，聊以寄意，未知较前首工拙何如，姑记于此。

注释：

①红牙板：唱曲的道具。袁绹《吹剑续录》载，柳永词只可十七八女孩儿，执红牙拍板，唱“杨柳岸，晓风残月”。

②《红绣鞋》：杜希春所著剧本之一。

子干罢吏洛阳，寓禹丁忧[①]，绝句奉怀

（一）

诵罢新诗十二章，　玉溪生[②]有满身香。
《也园题咏》流传遍，纸价久闻贵洛阳[③]。

（二）

谪去南昌梅子真[④]，奉来板舆潘安仁[⑤]。

呕心自昔关慈念，　应见诗囊痛忆亲。

注释：

①丁忧：古时官员居家守丧，为丁忧。

②玉溪生：唐代诗人李商隐，字义山，号玉溪生。

③纸价久闻贵洛阳：《晋书》载左思构思十年乃成《三都赋》，士人争相传写，乃至洛阳纸贵。

④梅子真：梅福，汉代寿春人，字子真，通经学。曾任南昌尉，王莽专政乃隐，传说他后来成仙。

⑤潘安仁：晋潘安，字安仁，为文辞藻绝丽，尤长于哀诔之文体。

戏贺商开三[①]续弦

嫁得金龟[②]亦是缘，不知今夕是何年。

个中知查此中语，　信有人间作婿难。

注释：

①商泰祥，字开三，禹人。善经商而好施舍，尝云行小善则小乐，行大善则大乐。又云空言行善无益也，必当散财，空言散财亦无益也，必先聚财。

②金龟：《新唐书·车服志》，武则天称帝："改佩鱼皆为龟。其后三品以上龟袋饰以金"，作为其身份的标志。李商隐诗："无端嫁得金龟婿，辜负香衾事早朝。"

子谦兼祧娶妇奉贺

（一）

浪传一顾即倾城[1]，得见丽人眼忽明。
我是维摩老居士，从来心硬也关情。

（二）

多君种玉在蓝田，艳福重重香火缘。
嘉耦[2]人家等闲事，销魂端为遇天仙。

（三）

谢公[3]小女擅风流，夫婿东方骑上头。
难得鸳鸯都识字，一编新续读选楼。子谦问余将为新妇买书，余答以熟精文选理。

（四）

三妇艳成同一杯，子谦已有二妇。旧花枝上有酸梅。
荼蘼开到春偏好，问是人生第几回？

注释：

①一顾即倾城：倾城，泛指美人貌。汉李延年歌："北方有佳人，绝世而独立。一顾倾人城，再顾倾人国。"

②嘉耦：同嘉偶。

③谢公：晋代名相谢安，其小女谢道韫才华绝世。后世诗中常尊称其父为谢公。元稹诗："谢公最小偏怜女，自嫁黔娄百事乖。"

玉山葛丈[1]撮影嘱题

何处得来却老丹，　童颜更妙十年前。与十年前旧照相比不老。

迟君再现婴儿色，　每一春秋岁八千[2]。

注释：

①葛玉山，其父葛时芳，角山先生之师；而其子葛霖圃为角山先生弟子。

②每一春秋岁八千：《庄子》称"上古有大椿者，以八千岁为春，八千岁为秋"。

鼎三姻丈摄影

忆昔相逢俱少年，　忽从明镜认华颠。

自今留驻丹青里，　不管人生几变迁。

葛生雨粲文生书锡合影

砚田耕耦亦天缘， 潇洒一双美少年。
可是珊瑚交碧树， 错疑和合二神仙[1]。

注释：

①和合二神仙：中国古人观念，以和与合为尚，将二字形象化，于是有和合二仙人，和谐相处，笑容可掬。或云乃伯夷、叔齐所化也。

覃怀[1]张君景星久客外家文氏摄影

古貌古心作古香， 彼都仅见此衣裳。
眉头微露有离恨， 应念空闺角枕凉。

注释：

①覃怀：深深地、久久地怀念着。

五弟符仙抱子嘉运合影

常棣[1]花开刚满枝，自怜薄柳早衰时。
一门后劲君应勉， 更喜怀中玉雪儿[2]。

注释：

①常棣：即棠棣，喻兄弟，典出《诗经》。

②玉雪儿：谓其洁白可爱之小儿也。

六弟翔仞撮影

（一）

少年气象自峥嵘，　信有前贤畏后生。
放汝出人头地[①]上，吾家小弟太聪明。

（二）

凤毛麟角总天生，　玉树兰芽一味清。
剪叶戏言须记取，　桐珪封汝到书城。[②]

注释：

①出人头地：《宋史》苏轼以书见欧阳修，修语梅圣俞曰："吾当避此人出一头地。"出人头地，更有出类超群之意在言外。

②"剪叶"二句：周成王曾以桐叶戏言封予小弟。周公曰："天子不可戏言。"乃封之于唐（晋）。

景儿小照[1]

血驹千里直无前，称我家儿知汝贤。
诵得老夫诗便好，东坡集后更斜川[2]。

注释：

①王景云，一名维城，作者长子，卒业于河南政法学校，累官郾城县长、望江县长。

②斜川：苏东坡次子苏过，号斜川居士。

仲弟撮影索题

（一）

不觉蹉跎四十秋，白衣绿鬓自风流。
写生幸有秦宫镜，幻作人间花萼楼[1]。

（二）

一番相见一番怜，与子俱将入老年。
保此庐山真面目[2]，自今风雨对床眠。

注释：

①花萼楼：唐玄宗建，署曰花萼相辉之楼，喻兄弟之相爱情深也。

②庐山真面目：化用东坡诗“不识庐山真面目”，只取其真面目三字之意。

三峰山团勇小照

（一）

赤羽旗前白缟冠， 勖哉夫子尚桓桓[1]。
微闻越甲声鸣处， 第一峰头立马看。摄影在第一峰。

（二）

当今争说少年雄， 一月能成三捷功。
珍重八千良子弟， 几多父老望江东。[2]

注释：

①桓桓：勇武之状也。

②“珍重”二句：秦末群雄并起，项羽率八千子弟自会稽起兵。临败犹言，何面目见江东父老！此处乃指家乡父老殷切期望子弟兵杀敌立功也。

王叟廷献撮影邀题，应之

自乐田家自养年， 荷锄戴月[1]几回圆？

遗民浑不知秦后，问是无怀是葛天。②

注释：

①荷锄戴月：陶渊明诗："晨起理荒秽，戴月荷锄归。"

②"遗民"二句：化用陶渊明《桃花源记》文句："自云先世避秦时乱……来此绝境……遂与外人间隔。问今是何世，乃不知有汉，无论魏晋"，以及《五柳先生传》句："葛天氏之民欤？无怀氏之民欤？"

谟臣武装撮影

（一）

鸡冠剑佩称鸢肩①，尚武而今是应天。
愧不如人刘越石，前程甘让祖生鞭。②

（二）

三河③年少自风流，剑气轩天射斗牛④。
指看英姿毛发动，可有功名到虎头。

注释：

①鸡冠剑佩称鸢肩：鸡冠，指头著高冠。鸢肩，谓人双肩上耸如鸢。全句状人之气宇轩昂也。

②刘越石、祖生鞭：刘琨，字越石；祖生，指祖逖。二人皆晋代名将。刘琨曾语人："吾枕戈待旦，志枭逆

虏，常恐祖生先吾著鞭。”

③三河：古以黄河为参照而言之。《史记·货殖列传》：“昔唐人都河东，殷人都河内，周人都河南。夫三河在天下之中，若鼎足，王者所更居也。”

④斗牛：皆为二十八宿之数，在吴越之分野。诗中其实是剑气冲天的形象说法而已。

医者刘君一珍小影

禁方三世手生春，　良相良医总是仁[①]。
神化丹青方技传，　瓣香敬作孙真人[②]。

注释：

①良相良医总是仁：古人云：“不为良相，便为良医。”盖良医之救人，亦如良相之救世，同样体现着仁的理念。

②孙真人：指唐代著名医学家孙思邈。

庆霄携儿曹合影

关西夫子[①]老师儒，阶下芝兰绝世无。
久道康成[②]家训好，画师新作授经图。

注释：

①关西夫子：汉代杨震，讲学于陕西，弟子众多，世人称之为关西夫子。本诗所咏庆霄，可能姓杨，也可能姓郑，关西人，必为教师无疑。

②康成：汉代经学大师郑玄，字康成。

翠生先生①遗影

（一）

于今不见已三年，　一话巴山②已惘然。
画像赞如《思旧赋》③，葛洪风骨是神山。

（二）

不信葛洪④遽作仙，风情老去尚缠绵。
一双蝴蝶终成梦，　天上人间总可怜。

注释：

①葛翠生：作者曾师从葛时芳先生，翠生乃葛时芳次子。

②用李商隐诗意：“何当共剪西窗烛，却话巴山夜雨时。”

③《思旧赋》：嵇康、向秀皆魏晋之际“竹林七贤”中人。嵇康被司马昭杀害，向秀过其庐，感念故人而作之。

④葛洪：东晋道家，著名炼丹家、医学家，今江苏句容人。

赠荆三

（一）

借得故人鸡黍邀①，去年余与荆三相见于明甫筵上，明甫之招荆三，从余意也。

由来倾盖②有神交。

问君三绝我能说，一画一书一品高。

（二）

开花吐凤总天然，王后耻联山水缘。

赢得写生名第一，前身合忆是南田。荆三工画花鸟，不作山水。昔恽南田见王石谷山水曰："让尔独步，我别寻第一流。"因专写生。

（三）

书法平原③字字香，果然流丽杂端庄。

鲁公貌似郑公④好，并作唐宫妩媚娘。荆三书学鲁公。向见临颜者多貌丑，惟荆三书特妩媚。至妩媚娘之谑，则杜十姨之类耳。

（四）

魏国风流几世存，居然武帝有文孙。

遥遥华胄⑤都陈迹，输与白衣⑥自在尊。

（五）

介甫如今却近情，无端交易话公平。

新诗我有丹青引，换得清风墨竹生。魏君介甫为吾二人作合成诗画交易，亦雅话也，特借荆公翻案解嘲。

（六）

相得莫嫌相见迟，且将佳话乐新知。
自今请学同功茧，君作梅花我作诗。

注释：

①故人鸡黍邀：用孟浩然诗："故人具鸡黍，邀我至田家。"

②倾盖：古人乘车出行，途中相遇，亲切对话，车盖相接而下倾也。

③平原：唐代大书法家颜真卿，曾任平原太守，后封鲁公。

④郑公：北魏魏体书法家郑道昭。

⑤华胄：贵族之后裔。

⑥白衣：代指平民百姓。所咏之荆三曹姓而为布衣，故云。参见本卷《王君明甫索题画屏》注。

戏题和合二圣

（一）

化身真相定谁传，俗说首阳二大贤①。
锦绣国家齐放下，出门一步即登仙。

（二）

喜眉笑眼发鬅松，　对面春生满面风。
长自无愁长不老，　几人修得到顽童？

（三）

方称大圣又大贤，　幻作文殊变作仙。
但得二人和合甚，　到来喜地又欢天。或云和合二圣，或云是首阳二贤，或云文殊化身，或云和合二仙。

注释：

①首阳二大贤：伯夷、叔齐乃商朝末年孤竹国君之二子，他们反对周武王以暴力推翻暴君。周灭商后，兄弟二人耻食周粟，于首阳山绝食而死。见《史记·伯夷列传》。

题无量寿佛

（一）

不履不衫自在天，　养生真诀是酣眠。
尽教倦眼朦胧去，　仍有明光顶上圆。佛作朦胧睡眼。

（二）

八千岁满再逢春，　一树只应号大椿①。

觉后方知总是梦，　只今无复眼中人。佛倦依树下。

（三）

真人踵息到深深，　满院稚香法外音。
膜拜未堪轻放手，　一弹指有去来今[②]。佛踵决手捧。

注释：

①“八千”二句：《庄子·逍遥游》称，“上古有大椿者，以八千岁为春，八千岁为秋。”乃以反衬人生之短暂也。

②一弹指有去来今：佛教以过去、现在、未来为三世，亦称人之前生、今生、来生为三生。一弹指则极言其短也。

顾栗烂漫自喜，忽礼服携子撮影索题，戏答

无愁老子兴婆娑，　到处开怀即放歌。
今日登场须改样，　呼儿将出换渔蓑。

荆三为明甫画菊，邀题四绝。细看菊下菖蒲，养之盆中，则盆字亦不可忽也，戏题一首①

凡卉未许结芳邻，守口如瓶寄傲身。
剩有文王菖歜子，散留玉女洗头盆②。

注释：

①本诗当为《赠荆三》一题之补作，可详参前诗。

②玉女洗头盆：洗头盆，华山名胜。玉女祠前有玉女洗头盆。传说为“明皇玉女者，居华山，服玉浆，白日上升”。

宪甫表弟遗影

四十年来自在天，尘缘历尽未华颠。
即看幻影浑如梦，留与人家祀散仙①。

注释：

①散仙：虽为神仙而不列仙班，无拘无束，自由自在，作者另有诗云：“将心化白云，散人作散仙。”

送李少村从军

（一）

别来无恙已三年，　记否巴山夜雨天[1]？
此去鹏程应万里，　班生[2]今日是登仙。

（二）

断无儒将不风流，　笑把吴钩[3]马上游。
妒煞邻家诸女伴，　看人夫婿觅封侯。

注释：

①巴山夜雨天：化用李商隐诗："何当共剪西窗烛，却话巴山夜雨时。"

②班生：指汉代大史学家班固之弟班超，他投笔从戎，立功西域，封定远将军。

③吴钩：宝刀，产于吴，后亦代指剑。李贺诗："男儿何不带吴钩，收取关山二十州。"

题画桃柳燕

愁红惨绿斗春光，　野阔天空任颉颃[1]。
最是一枝栖处稳，　依人何事恋雕梁。

注释：

①颉颃：飞上为颉，飞下为颃。《诗经·邶风》："燕燕于飞，颉之颃之。"

题画牡丹

买得胭脂色擅场， 幻成富贵亦堂堂。
兰香也自称王者， 争长还应后洛阳①。

注释：

①洛阳：代称牡丹以谐韵。谚云："洛阳牡丹甲天下。"宋周敦颐《爱莲说》称牡丹为"花之富贵者也"，"牡丹之爱，宜乎众矣！"古云"兰为王者香"。虽为王者，却不及牡丹之雍容华贵。

嘲　蛙

可憎面目本天生， 敢在下流鸣不平。
万事都因鼓吹坏， 竟无一字说分明。

甲子七月初大雨，至七夕无雨，漫赋[①]

未见时难见更难[②]，羞将啼面与人看。
前宵几度相思泪， 哭到鹊桥泪已干。

注释：

①七夕之夜常雨，俗云乃牛女相见之泪水也。

②未见时难见更难：化用李商隐诗句："相见时难别亦难。"

朱栋霞　作

卷六　七言绝句（二）

葛生雨粲属题闺扇 下四首丙辰作

（一）

碧纱窗下绣红绒，　喜鹊闹梅[1]特地工。
长夏能留花鸟住，　合欢扇底有春风。

注释：

①画喜鹊与梅花之形象谐喜上眉（梅）梢之音意。

扇中绣小雀当喜鹊，借音取意耳。谛视并非小雀，更申一首

裁成明月晚生凉，　剪就梅花早有香。
鸟不知名都报喜，　侬家愿作是鸳鸯。

老马喜我外家东垆文氏水草，每临东垆歧路，必直驰入文氏。今文氏已分居，而马仍恋旧栈，感赋

（一）

紫荆[1]一夜肃青霜，梨栗[2]当年自感伤。

老马不知人意倦，　槽头犹恋旧时香。

（二）

也知恋栈取人憎，　为感同群有旧情。
从此归鞍随主老，　满山秋草送馀生。

注释：

①紫荆：紫荆关，在河北易县西紫荆岭上，山势险要，为军事要塞。以其山多紫荆，故名之。

②梨栗：代指恩泽，恩惠。

即　景 下二十六首丁巳作

梧桐庭院早秋天，　一树斜阳着晚蝉。
两日前头三夜雨，　潇潇声里背灯眠。

有　触

（一）

高卧空山自在仙，　十人九少此中缘。
痴儿不解风波苦，　错逐琵琶上别船。

（二）

前山万仞阻江滨，　看惯覆车又折轮。
此日打柴须问路，　老夫原是过来人。

（三）

我到人间五十年，　无端大地起风烟。
几多来日蒙头过，　且向华山作睡仙[1]。

注释：

①且向华山作睡仙：陈抟，字图南，自号扶摇子。五代时隐处华山，其《睡答》文中自谓：“以一睡收天地之混沌，以一觉破古今之往来。”人称之为睡仙。

看山谣[1]

谚有曰：“嵩山没有玉寨高，玉寨只到嵩山半椿腰。”因衍作绝句，俚而有味也。

走惯嵩山路几遭，　远看玉寨巍然高。
试登玉寨最高处，　比到嵩山才半腰。

注释：

①嵩山高？玉寨高？观察角度不同，感受自然不同。

所以如此，“只缘身在此山中”之故也！此诗为哲理诗，言山外有山，天外有天，通俗而富有理趣，具宋诗风格。

昔年见有画“我不如人，人不如我”图者，因忆及题之

我前人富大轿乘， 我后人贫笨足行。
似我不贫还不富， 一鞭快马四蹄轻。

遣　怀

破除万事作闲身， 越缦清诗湘绮文。
领略眼前生意满， 豆棚瓜架落秋云。

七夕[1]绝句

（一）

几家针指压灵芸， 又向楼头读祝文。
乞得天孙图样巧， 绣成河岳带风云。

（二）

秋风又入畏秋楼，　卧后凄凉感女牛。
日日泪流今夕尽，　双星相对只干愁。

注释：

①七夕亦称乞巧节。妇姑于是夜陈瓜果，结彩线穿七孔，以乞慧心巧手于织女星。若有蟢子结网于瓜果之上，则以为祈祝有所得也。

雨中忆前七夕绝句题后

（一）

新诗锻罢且长吟，　人世何从证此心。
真宰今宵才上诉，　天仙感落泪痕深。

（二）

满耳潇潇自苦吟，　阅过七夕恨尤深。
泪流痛定还思痛，　天上人间一片心。

改定七夕诗后又补作二首

七夕典故荒唐，乃绝好诗题，自来作者皆写照也，故曰兴于诗。

（一）

生怕经年有别愁，投梭何用记前仇。
苦心诉与昆明水，不信石郎不点头。汉武作昆明池，池畔刻牛女石像。

（二）

相逢忍泪是今年，七夕无雨。说到将离已惘然
月姊苦将明路指，安排此后作团圆七夕有月。

自嘲

（一）

平生苦忆杜希春，读我新诗知我深。
一自中郎身死后，再谈焦尾是孤音。①

（二）

兀仰屋梁对夕曛，相知谁与定吾文。
太玄草就竟无用，后世何须扬子云②。

注释：

①“一自”二句：蔡邕，字伯喈，汉末大学者，灵帝时

为郎中，其后官至中郎将。精于音律，曾以焦桐制为良琴，称焦尾琴。

②西汉杨雄，字子云，其所著《太玄经》拟《周易》之作，哲理深奥，难免曲高和寡，知音稀也。

即　景

秋雨初晴日又曛，　浑然天地两氤氲[①]。
小嫏嬛[②]北折西去，云作万山山作云。

注释：

①浑然天地两氤氲：氤氲，烟雾弥漫，故天地浑然为一。

②嫏嬛：仙界洞府。元代伊世珍著《嫏嬛记》，称晋代博物学家张华曾入之，遍观其中奇书。作者书屋自题匾为“小嫏嬛”。

食　枣

甘于桃李脆于瓜，　一树垂垂映夕霞。
何用安期食臣枣[①]，豳风[②]图里是仙家。

注释：

①何用安期食臣枣：安期生，仙人。汉武帝时，有人

言：“臣海上遇安期生，见其食巨枣，大如瓜。”

②豳风：《诗经》十五国风之一。豳乃地名，在今陕西，周人先祖公刘始封于此地。

闻　虫

出门看月月将残，　欹枕对灯灯亦寒。
唯有虫吟听不定，　略分两字似艰难。

改前作

何来四壁满虫音，　伴我清宵并苦吟。
我自嗟嗟虫切切，　不知感慨竟谁深？

摅　怀

（一）

由来人定岂胜天，　天亦随人自变迁。
背后葫芦浑是闷，　神仙累得不超然。

（二）

人世都归运一囊，　枉教情短又情长。
莫将往事重回首，　东去江流西夕阳。

自　嘲

（一）

年来久筑债台高，　高到如今上九霄。
唤罢奈何都放下，　且吹吴市一枝箫。

（二）

《儒林外史》妙如神，文木先生[①]保不贫。
信是我怀春似海，　自憎冷面太冰人。

注释：

①文木先生：《儒林外史》作者吴敬梓，字敏轩，晚号文木老人。

雨　后

阑风伏雨到新秋，　涧碧山青水白流[①]。
昨夜初三晴色好，　天将弓月挂西楼。[②]

注释：

①“水白流”疑为“水自流”之误，水自流方谐音律，自流方见其自然而有意趣。

②虽为新秋七月，却与白居易“可怜九月初三夜，露似真珠月似弓”之句同具功力。

葛杨姚三人汴中撮影索题

（一）

怅违旧雨几经春，　鼎足分驰各绝尘。
不速来为梁苑[1]客，居然对影成三人[2]。

（二）

葛洪杨炯并姚崇[3]，都向雪泥留爪踪。
分照吉星福禄寿，　合盟寒岁竹梅松。

注释：

①梁苑：在今开封，汉代梁孝王筑，诗人司马相如、枚乘等常聚此赋诗。

②对影成三人：借用李白诗句："举杯邀明月，对影成三人。"

③葛洪杨炯并姚崇：葛洪，晋人，道家；杨炯，初唐诗人；姚崇，唐玄宗时名相。此处仅借用三人之姓，以合诗中所咏之三人，而增添意趣。福禄寿合称三星，松竹梅合称岁寒三友。

亡友子俊[1]卒于戊午二月二十五日。己未二月十八日，见其小照，怆然题之下二十二首己未作

（一）

相看不觉泪潸然，　已是别来满一年。
影里有情凭寄语，　三生石畔续前缘。

（二）

去年今日病缠绵，　撒手红尘[2]去作仙。
还忆寻春诗句否？　人间又到杏花天[3]。子俊病中尚拟作春游也。

（三）

念死如生亦太痴，　朅来只恨别经时。
画中狂作真真唤，　诉尽相思知不知。

（四）

意中人作影中人，　面目如君总是真。
四十五年尘劫尽，　重寻明月认前身。

注释：

①方硕彦，字子俊，禹州方岗镇人，清宣统年间拔贡。

后学法，入民国后被举为县议会长。角山先生为其所作《墓志铭》中，称其“谨严持己似儒，坚苦爱人似墨”。

②红尘：本指繁华热闹之处，佛道两家称人间社会为红尘。

③杏花天：杏花盛开之时，当在清明时节。杜牧诗：“清明时节雨纷纷……牧童遥指杏花村。”

偶阅《升庵诗话》①，有连叠四字作句者。又樊山②滑稽诗有叠字而音同义异者。今合效二颦聊以为戏，亦易安③作“庭院深深”之意也

（一）

林鸟都还绕树飞，岫云也只傍山霏。
人偏何事去经月？月月月圆人未归。

（二）

几辈有才称圣贤，几家有力作田园。
我偏无事闲过日，日日日高我尚眠。

注释：

①《升庵诗话》：明代杨慎著。杨慎，字用修，号升庵，记诵之博，著作之富，称明代第一。

②樊山：樊樊山，樊增祥（1846—1931），湖北恩施人，清末民初学术界名人，工诗。

③易安，宋代诗词大家李清照，号易安居士。

拟赠宋子元统领

（一）

久把瓣香敬少师[1]，当年御笔署西陂。

传家旧稿翻新字， 始信英雄尽解诗。统领本少师牧仲先生之裔也，以《西陂类稿》等书原版久缺，用精工复刻传之。

（二）

佛面宽长佛脚舒， 扪心每念五更初。

秀才情薄半张纸， 赢得将军有报书。顷以东寅夫子所书楹联屏幅赠之，复书云当奉若拱璧藏之什袭。

注释：

①少师：周代官制，立太师、太傅、太保称三公；立少师、少傅、少保称三孤，皆中央政要也。宋荦，清代商邱人，字牧仲，号西陂，官至吏部尚书，故依古代官制尊之为少师。著有《西陂类稿》。

为肇卿题画

画作梨桃二树，鹦鹉立桃枝上，略添石数块，草数丛，点缀其下。

（一）

写生彩笔艳无曹[1]，草石略添颊上毫。
开到梨花怕春暮，安排鹦鹉啄金桃。

（二）

草径上连石径斜，桃娇梨媚斗春华。
为听鹦鹉教调惯，红白都成解语花。

（三）

烂开白白与红红，石古草新点缀工。
画里如今花半谢，可调鹦舌骂东风。今画中颜色梨白，犹故桃红全非矣，周栎园书影载有“为怜花谢骂东风”句，谓叶小鸾参禅也。

（四）

已褪轻红留古香，全凭淡白显春芳。
鹦哥亦似诵经罢，戒绝枝头说短长。

注释：

①无曹：无人能与匹敌。

代友为陈湘云作联云："姓分华胄胭脂井，名在红楼芍药茵。"[①]肇卿曰此联若传远人，必疑作者当一风流少年才子也。因戏赋小诗二首

（一）

风流宋玉本吾师[②]，愁病东家应未知。
画出牡丹洛阳贵， 欺人眼处是胭脂。

（二）

不信潘郎[③]两鬓星，痴思掷果斗娉婷。
浪将京兆[④]画眉笔，浓染章台[⑤]柳色青。

注释：

①陈氏于史向称望族，史湘云为《红楼梦》中人物，二者共切湘云之名。陈湘云为当时梨园明星，角山先生曾观看其《李白醉写》之演出。

②风流宋玉本吾师：化用杜甫诗句："摇落深知宋玉悲，风流儒雅亦吾师。"

③潘郎：晋代潘岳，字安仁，美而工诗赋，人称潘郎。后来诗中常泛指可爱之才俊。

④京兆：泛指京都。

⑤章台柳：章台，战国时建，在陕西长安县故城西南隅章台宫内。章台柳，词调名，以唐代韩翃寄柳民诗作为

词谱，以首句为题。

老友王君执斋携眷照影索题，戏答

（一）

疑是桃花嫁楚王[1]，其妇系再醮。嬴来儿女灿成行。
团圞看足闺中月，　不负香衾是老郎。

（二）

田居蚕室举家清，　绕膝依依娇小情。
欢乐常防儿辈觉，　徐娘半老尚卿卿。

注释：

①疑是桃花嫁楚王：桃花夫人，即息夫人，春秋时息侯之妇，为楚王所夺者也。

即　景

（一）

小院清邀月对樽，　遮留秋色不开门。
今朝一为寻诗出，　诗在山南黄叶村。

（二）

天倒残秋作早春，　暖风吹面不吹尘。

果然人似黄花瘦[1]，原是黄花瘦似人。“六郎似莲花，莲花似六郎”，诗意仿之。

注释：

①人似黄花瘦：化用李清照词句：“莫道不销魂，帘卷西风，人比黄花瘦。”两句颠倒使用，深具回环往复之美，前缀以虚词“果然”、“原是”，语气便从容许多。

题思昉与舍侄清运合影

（一）

离亭笛里驻欢颜，　兰艾青青只一般。

和合二仙年小甚，　现身拾得对寒山。和合二仙即唐之寒山拾得也。

（二）

馀子全空碌碌流[1]，降心聊作小儿俦。

未妨国士[2]无双品，哙伍原来不是羞[3]。

（三）

常常欲见源源来，　一镜双留貌与才。

赢得攀稽阿咸[4]笑，图形何用列云台。

（四）

像赞曾将玉树[5]夸，此番又许倚蒹葭[6]。

诸王合并称三子， 齐拜一儿出卫家。生前与淑运、熙运合影，又与清运合影。《语林》：“卫洗马颖识通达，论者以为王眉子、平子、武子之右。世人为之语曰：“诸王三子，不如卫家一儿”。

注释：

①馀子全空碌碌流：汉末祢衡，乃清狂之士，尝论天下人物，除大儿孔文举外，馀子碌碌全不足道。曹操怒其无礼，借黄祖手杀之。

②国士：才能出众，举国认可，为国家级人才。

③哙伍原来不是羞：韩信大才，羞与绛（绛侯周勃）灌（灌婴）等为伍。一天过樊哙府，哙受宠若惊，跪拜送迎。韩信出门后笑曰：“今乃与哙等为伍。”

④阿咸：三国时期魏阮籍侄阮咸，有才名，后因称为阿咸。宋苏轼云：“朝因两袖天香满，头上银幡笑阿咸。”

⑤玉树：喻干才优异而仪美者，常称玉树临风。

⑥蒹葭：《诗经·秦风》：“蒹葭苍苍，白露为霜，所谓伊人，在水一方。”指理想中人。

宋子元统领长公子花烛词 并序，庚申二月作

子元统领好侠下士，拜谒沪上，多蒙照拂。隔年经别，靡日不思，大树风高，吹落花而重转；小草山僻，愧

报李[1]之末由。兹因公子吉席，谨作花烛词八首，聊当献芹，藉助下酒云尔。

（一）

商丘公子是奇男，　常引阿翁酒兴酣。
个日广平春有脚，　夭桃红过大江南。

（二）

亲为明诚聘易安[2]，芝芙香梦未曾阑。
绣襦甲帐寻常事，　不数文箫驾彩鸾[3]。

（三）

喜看三星二月天，　春风送暖嫁神仙。
钿车双驾桃花马，　侧挂郭家[4]紫玉鞭。

（四）

黄歇浦开白玉堂[5]，薰衣正有百花香。
夜深照得高烧烛，　错认红妆是海棠。

（五）

将军稚子总能文，　家学西陂擅旧闻。
新作催妆诗定好，　重看宋玉赋朝云[6]。

（六）

夫婿英雄好合欢，　弓刀光耀洞房寒。

也应新妇将家种，　记取耶娘唤木兰。

（七）

翩翩执戟照明光，　却扇初闻闺语庄。

待晓堂前双下拜，　彩衣绣出是鸳鸯。末二句拟并作：“待晓堂前双戏彩，满衣绣出是鸳鸯。”

（八）

三千珠履集春申，　各献红罗覆石麟。

料得向平婚事⑦好，二南卷里一家人。

注释：

①报李：《诗经·大雅》：“投我以桃，报之以李。”后称相互馈赠为投桃报李。

②明诚聘易安：宋代女词人李清照，号易安居士。嫁赵明诚。

③文箫驾彩鸾：文箫，传奇中人，本唐文宗大和年间书生，在钟陵西山遇仙女吴彩鸾，终成眷属。

④郭家：泛指将家之门，以名将郭子仪而称也。

⑤黄歇：春申君名黄歇，战国四公子之一。黄歇浦，地名。白玉堂，泛指华堂。

⑥宋玉赋朝云：宋玉《神女赋》，内有“朝为行云，暮为行雨”之句。

⑦向平婚事：向子平，东汉朝歌人，名长，字子平，隐而不仕，性尚中和，儿女婚嫁俱美满如意。今俗称婚事之美满，辄以喻之。

题　画

（一）

重叠云山泼墨成，　孤舟一棹傍崖行。
亭前谁结闲中伴，　坐听萧萧风叶鸣。

（二）

欸乃[1]声沈山水空，画成大树便生风。
峰回路转孤亭畔，　问是何人依醉翁[2]？

注释：

①欸乃：橹桨划水之声。柳宗元诗："欸乃一声山水绿。"

②醉翁：欧阳修自号。其《醉翁亭记》中有云："峰回路转，有亭翼然临于泉上者，醉翁亭也。"

子范[1]二十四岁摄影，时辛亥春也。越庚申秋索题，漫应

（一）

清瞳方面岁华新，　已是前朝最后身。
十载沧桑剩孤影，　就中疑带义熙[2]春。

（二）

年少老成好自安，　全消块垒肚皮宽。
体裁人戏夸罗汉，　风度我亲识吕端[③]。

（三）

争说少年好出身，　英雄遍地走风尘。
相君不似封侯面，　邓禹[④]纷纷枉笑人。邓禹封侯年二十四。

（四）

几多人面各皤然，　君独何痴上我船。
寂寂如今形对影，　葫芦依样十年前。

注释：

①仝廷楷：字子范，曾为民国《禹县志》纂修筹款并理款。

②义熙：晋安帝年号。辛亥年春，清帝尚未逊位，故十年之后，难免有前朝沧桑之感，如刘宋代晋之后之陶渊明先生然。

③吕端：宋初人。宋太宗欲任其为相，或言其糊涂，太宗曰："吕端小事糊涂而大事不糊涂。"卒任之。

④邓禹：汉中兴功臣，辅助光武帝刘秀平定天下，力挽狂澜。

漫题 并序

蓬仙述，湘云意欲乞余一言以为重。余自顾头颅如许，面目可憎，不名一钱，穷酸到骨，何足以重湘云！去年尝见湘云登场演《李白醉写》一剧，盖隐寄其巾帼须眉之概。又闻友人言湘云浪走江湖不舍骨肉，是湘云固余之所素重也。因漫题绝句八首，塞责云尔。

（一）

宛然天女散花①身，净垢都空莫认真。
柳老章台青故故，不知几度奈何春。

（二）

最难逃处是情天，絮果兰因前后牵。
休怪云英还未嫁，谪来原自作游仙。

（三）

团扇轻衫日几群，无人不道看湘云。
傥逢易五老名士，定自低头拜锦裙。易五诗云：“洗眼窥青镜，低头拜锦裙。”

（四）

绛树双声技绝精，秋波一转一倾城。
褛衣不入侯门去，多为家贫恋阿兄。湘云已过瓜年，依依不嫁，意欲为兄作有生计乃别去耳，吾闻而重之。

（五）

欲洗尘心强忏愁，　岂随年少作风流。
无端琴操遇坡老，　好与殷勤说到头。

（六）

琵琶抱卧几多年，　船到江心月到圆。
春梦一场须醒早，　褪红花好有谁怜？

（七）

解醉红裙即可儿，　颍川花好似师师。秦少游赠李师师词有云：“看遍颍川花，不似师师好”。
旗亭唱煞王之涣[2]，未有佳人不爱诗。

（八）

经年不到莫愁堂，　偶被桃花照夕阳。
我似老僧长入定，　任他四壁画西厢。

注释：

①天女散花：《史记·天官书》：“织女，天女孙也。”清李汝珍有《天女散花赋》，其后敷演为戏剧。

②旗亭唱煞王之涣：唐薛用弱《集异记》载，高适、王之涣、王昌龄三人旗亭画壁以赌胜，最终王之涣胜出。

题熙儿诗课后

骥子原来最好儿，　小年诵得老夫诗。
须知诗是吾家事[1]，诗在空山独往时。

注释：

①诗是吾家事：借用杜甫诗《宗武生日》句“诗是吾家事”。又陆游曾诫其子：“汝果欲学诗，功夫在诗外。”本诗中所谓“诗在空山独往时”，也正是一种诗外功夫，并化用刘长卿“荷笠带斜阳，青山独归远”诗意。

赠别思昉

（一）

五十年来一遇君，　其如欢会又离群。
前途莫问人间世，　珍重皇天将丧文。

（二）

几度骊歌不忍听，　一杯更尽且谈经。
攀条系马宅边路，　柳树冬来留眼青。[1]

（三）

两年泛尽武陵槎[2]，倦鸟归云淡淡花。

他日相思回首望，　青山一角野人家。

（四）

且立斯须慰别情，　老怀难得一时倾。
卫中若遇陈夫子[3]，为道枯桐半死生。

注释：

①“攀条”二句：昔人离别，折柳相赠，取柳与留之谐音，寄托其慰留之意也。

②武陵槎：用武陵桃花源故事。

③卫中若遇陈夫子：陈夫子，诗人挚友陈嘉桓，时在卫辉图书馆任职。

题侄女瑞萱诗课后

清吟柳絮爱兰芽，　唯有王家似谢家。[1]
老我真宜诗伯唤，　如今犹子是昭华[2]。

注释：

①“清吟”二句：用谢道韫咏雪“未若柳絮因风起”事。王、谢为六朝时期江左望族，名人辈出，如王导、谢安、王羲之等，作者引以为荣，故云。

②昭华：原为美玉之名，后来魏明帝设女官称昭华。

雪　后

欲因馀热复谁怜，　怪底袁安[①]雪里眠。
悬想关山行不得，　各人先自扫门前。谚曰“各人自扫门前雪，莫管他人瓦上霜”，有味乎其言之。

注释：

①袁安：东汉汝南人，字邵公，章帝时为河南尹，政尚慈爱，官至司徒。安未达时，洛阳大雪，人多乞食，安独卧不起，洛阳令见而奇之，举为孝廉。

郭亚平之本生母七十寿诗 并序

郭母王太夫人，琅琊门楣，汾阳家室[①]。佩班姬之女诫[②]，娴茂先之史箴。隔纱宣文，买丝绣佛。育子亚平，幼惩折齿，嗔牵孺子之牛[③]；长思慰心，羞逐少年之马。奋飞鹏程，安问燕寝？虽继别为宗，早许出为人后；而天亲一本，仍期无忝所生。太岁在酉吉日良辰，庆七十之寿康，祝九五之福备。喜有芳草报得春晖，为作新诗，助下旨酒云尔。

（一）

诗吟寿母首成风，　今世何人作颂工？
奋笔中郎无愧色，　为留有道旧家风。

《鲁颂》寿母注成风也，僖公生母。蔡中郎为郭有道碑文，既而谓涿郡卢植曰："吾为碑铭多矣，皆有惭德，惟郭有道无愧色耳。"

（二）

南郭[4]先生抱道心，系从王季[5]化偏深。
遥遥妇德溯文母，再嗣徽音直到今。

蔡中郎《郭有道碑文》："其先出自有周、王季之穆。有虢叔者，实有懿德。文王咨焉，建国命氏，或谓之郭即其后也。"

（三）

嫁得商人似伯休，不须轻泛范蠡[6]舟。
都缘内顾无忧处，卖药长安三十秋。亚平父药商。

（四）

溯说姜家鱼正肥，红闺供养倍依依。
君姑君舅齐称孝，喜有练裙映彩衣。

（五）

冉冉盛年数处房，满前儿女灿成行。
陆家兄弟[7]刘家妹，并作一家五凤翔。母生二男三女。

（六）

从来有子月经天，宛若流星绝可怜。
亲抱娇儿过门去，怀清台[8]上慰芳年。

曹植诗："有子月经天，无子若流星。天月相终始，流星没无精。"《史记·封禅书》见神于先后，宛若注先后妯娌之称，宛若其字也。亚平叔父芳斋公受室周岁而亡，叔母陈氏青年守志。及亚平生，甫离襁褓，母即使承继叔父后，藉慰叔母心。

（七）

和风吹满一家春，　浑弟湛妻最与亲。

礼法合为三党[9]重，并称钟郝两夫人。晋王浑妻钟氏，浑弟湛妻郝氏，并有德行，雅相亲重，时人称钟夫人之礼，郝夫人之法，云亚平言母待娣姒以诚。

（八）

不须傅姆护娉婷，　看取老身作典型。

梱内教成三女粲，　生来都未识厅屏。唐岐阳公主不识刺史厅屏，亚平母教女不使出闺门一步。

（九）

一夕梦婆醒悟空，　并凋夏绿悴春红。

忍收老泪理先业，　盼煞茕茕五尺童。母之长男三女继殁，益厚望亚平。

（十）

穆伯亦随文伯亡[10]，每从纺绩感心伤。

哭夫哭子辨朝暮，　礼数分明是敬姜[11]。亚平父亦久卒。

（十一）

瓜果只图所后欢，　谓他人母责应宽。

未堪失学从儿懒，白把诗书教士安。

晋皇甫谧字士安，出后叔父，年二十，不好学。尝得瓜果，辄进于后叔母任氏。任氏对之流涕，乃感激受书，勤不少怠。今亚平自谓袭祖父馀业，鲜知稼穑艰难，全赖生母严教，得有成立。

（十二）

主持门户总艰难，忆昔断机[12]箴幼顽。
为戒诳言征豕肉[13]，更劳亲手和熊丸[14]。

（十三）

纵子结交胜己人，不辞截发为留宾。
即今作得小中正，从此陶公是出身。晋陶侃母截发供客，闻者叹曰："非此母不生此子！"乃进之于张夔羊晫。后晫为十郡中正，举侃为鄱阳小中正。按，古之中正制与今之议员相似。

（十四）

眼明知废又知兴，成就千秋婴与陵[15]。
一自暗窥识房杜[16]，教儿珍重作良朋。

（十五）

年荒无地可逃生，不惜家粮指囷倾。
赢得邑人思母惠，尽将孔氏记儿名。宋顾琛母孔氏。东土饥荒，孔氏散家粮以赈邑里，得活者甚众，生子皆以孔为名焉。亚平家尝于光绪年间荒旱放赈。

（十六）

晚年已作太夫人，　犹着当年旧布裙。
记取先姑言语好，　鹿车[17]那敢忘殷勤。

（十七）

伯愈小杖益欣然，　母力而今胜昔年。
道是麻姑长不老，　惯看沧海变桑田。

（十八）

寿征彤管[18]播芳遥，孝养《白华》[19]补咏劳。
堂上争看瀛海枣，　盘中敬献汉宫桃。末联又作：“食罕请遗瀛海枣，种成偷献汉宫桃。”

注释：

①琅琊门楣，汾阳家室：琅琊王氏，与汾阳郭氏，皆名门望族也。

②佩班姬之女诫：班昭曾作《女诫》。

③幼恁折齿，嗔牵孺子之牛：《左传》，齐景公尝衔绳作牛状，使其子公子荼牵之，而折其齿。鲁迅诗：“俯首甘为孺子牛，”即本此而言。

④南郭：南郭子，《庄子》中所称之道者。

⑤王季：名季历，周文王之父。其兄太伯及虞仲奔楚，让世子位于季历。父太王卒，季历继位，以仁义治国，泽及后世。

⑥范蠡：春秋末期越王勾践之谋臣，为越王划策，灭吴复国。其后功成身退，泛舟五湖，化名陶朱公，为商界之鼻祖。

⑦陆家兄弟：晋代陆机、陆云，俱以文采著，世称二陆。

⑧怀清台：在今四川长寿县南，秦始皇为巴国贞妇清所筑。事见《史记·货殖列传》。

⑨三党：旧称父党、母党、妻党为三党。

⑩穆伯亦随文伯亡：文伯，文章之宗伯，此指郭亚平之父。穆伯，亚平之兄。

⑪敬姜：春秋时贤母。

⑫断机：用孟母事，《三字经》："昔孟母，择邻处。子不学，断机杼。"

⑬豕肉：曾参之妻外出，子欲随，其母以杀猪诳之，乃止。比归，果见曾参杀猪，子虽幼而待以诚也。

⑭熊丸：唐代柳仲郢嗜学，其母尝和熊胆为丸，使夜读时咀嚼，以助其学。

⑮婴与陵：汉将灌婴、王陵。

⑯房杜：指唐代贤相房玄龄与杜如晦，史称"房谋杜断"。

⑰鹿车：指狭小简陋之车也。《列女传》称鲍宣之妻少君，耻华縻而务俭约，与鲍宣共輓鹿车归乡。

⑱彤管：赤管之笔，女史记事所用，示以心赤人正也。

⑲《白华》：诗篇名，美孝子之洁白也，原诗已佚。

刘君某重游泮水，自寿征诗，漫应十二首代

（一）

六十年前小秀才，　香芹菜老报花开。
泮宫应似玄都观，　前度刘郎今又来。[①]

（二）

一离黉舍已多年，　南国《甘棠》[②]几处传。
久与小民为父母，　还从博士作生员。

（三）

人间何处不沧桑，　日月壶中特地长。
梁苑荒馀半池水，　绿波清映殿灵光[③]。

（四）

采茅还思饮酒香，　故事重循应寿昌。
江春早是旧年入，　一枝红杏出宫墙。[④]君寿辰在庚申仲冬日。

（五）

儿女青红又一天，　古装出落似神仙。
满头白发绾银雀，　插帽花名老少年。老少年，花名。

（六）

青衫[5]久叠在空箱，恰似宫人闭上阳[6]。
白发而今重被召，指看天宝旧时妆。

（七）

累世冠裳祭上丁，只今传钵益横经。
高堂重庆开家宴，五领彩衣一色青。君累世多秀才，子四孙一继之。

（八）

同学少年多老成，其如访旧只伤情。
还馀高适诗人在，并作百年鲁两生。与君同案重游泮者，只高少朗广文。

（九）

皇天有意丧斯文[7]，数仞高墙[8]月冷门。
重播读书新种子，秀才从此是还魂。曾文正公尝谓，秀才为读书种子。

（十）

随园自昔贺双丁，重喜君逢先后庚。
但道未申校一岁，仓山老子合为兄。随园重游泮水以丁未，今君以庚申。未申岁相连，故戏引杜诗“与兄行年校一岁”。

（十一）

再宴鹿鸣剩四秋，　结缡花甲以重周。
风流合似冯潜老，　佳话永留满汴州。

君乡举在同治甲子，周甲距今岁只四年矣，结缡周甲应亦及期。冯潜斋先生于乾隆壬寅与夫人行重拜花烛礼，壬子又重赴鹿鸣宴。

（十二）

科名已作雪飞鸿，　喜得从头认爪踪。
直待琼林重赴宴，　破题⑨一气接篇终。

注释：

①“泮宫”二句：化用刘禹锡《再游玄都观》诗：“种桃道士归何处，前度刘郎又重来。”泮宫，学宫也，内凿池，故名。

②《甘棠》：周代召伯巡行南方，以布文王之政，而舍于棠梨树下。后人思其德而赋《甘棠》诗。

③殿灵光，即灵光殿。汉景帝之子鲁恭王所建，故址在今山东曲阜。

④“江春”二句：化用唐王湾诗“江春入旧年”及宋叶绍翁诗“满园春色关不住，一枝红杏出墙来”。

⑤青衫：古文人士子之服式。白居易《琵琶行》：“座中泣下谁最多？江州司马青衫湿。”

⑥上阳：上阳宫，唐高宗建于洛阳，武后又扩建之，玄宗天宝年间后渐废。宫中众多宫人，随之沦落。中唐

后，诗人咏之者多。

⑦皇天有意丧斯文：《论语》：孔子遭匡人围攻，泰然从容而言曰："天之未丧斯文也，匡人其如予何？"此处反用，状故人之多丧，感慨系之！

⑧数仞高墙：子贡曾赞美孔子之道，如数仞宫墙，后人难以逾越也。

⑨破题：剖析题义也。唐宋时诗赋之起首称为破题。又明清时八股文之首二句，亦称破题。

送　春

无计留春只送春，　东皇[①]已是黯销魂。
离情一夜潇潇雨，　遍洒残花作泪痕。遇雨。

注释：

①东皇：司春之神也，又称青帝。本诗则以之代春，并将其拟人化，以春雨为春之泪。春之泪又遍洒于残花，见其惜花之情也。

改　作

想到春归何处询，　黯然销尽百花魂。
离情上感天应泣，　雨点纷纷总泪痕。

题仝君瑞五携孙撮影

颇避人间骂老儒，　闭门写出课孙图。
普儿善博东坡笑，　剪鬃光光看此瓠。

东坡和陶诗云："子孙远至，笑语纷如。剪鬃垂髫，覆此瓠壶。"甚趣。按，覆此瓠壶向来注家引据穿凿，多不识此老无故实，只以俗语证之耳。戏语："小儿光光头，光瓠芦头。"瓠芦亦瓠壶，一物也。坡诗"瓠壶"，即光瓠芦头也。理寒石渔鼓曲："释加佛倒爽利，一顿刀子光光扫剃。"

题五人摄影，时五月初四日也。罗生筱瑾、张生鹤亭，二刘生筱儒、少越，四人皆手执书卷，惟余闲坐而已

（一）

消夏各凭书一编，　谁知此翁殊不然。
座中闲煞老王褒[①]，讲德偏逢四子贤。

（二）

落落五人共一堂，　安排天数应端阳[②]。
可能预作城南会，　重续坡公赋下塘。

（三）

独作乾坤老腐儒，　冬烘[③]头恼尚如初。

学庸语孟各分授，　人手一编只四书[4]。

（四）

一堂分付各专经，　占尽五经[5]作课程。
易礼诗书都手授，　春秋皮里[6]说先生。

注释：

①王褒：汉赋作家，曾上《圣主得贤臣颂》。宣帝时任谏议大夫，令往益州祀金马碧鸡之神，卒于道中。诗中之王褒，乃作者自谓也。

②端阳：端午之别称。

③冬烘：旧称乡村塾师曰冬烘。

④四书：宋儒以《大学》、《中庸》、《论语》、《孟子》合称为四书，简称为“学、庸、语、孟”。

⑤五经：原指《诗经》、《尚书》、《周易》、《礼》、《乐》，后来《乐》经亡，以《春秋》补之。

⑥春秋皮里：晋桓彝评褚裒之语，谓其口虽不言，心中自有褒贬。

夜　初

偶因待月立中庭，　凄绝虫声不忍听。
一霎阴雨障天满，　高高松杪隐寒星。

赠郭生文林绝句二首

（一）

几见英年守故庐，　江湖放浪竟何如。
不须便说四方志，　归去城南还读书。韩诗有《符读书城南篇》，生居禹城南。

（二）

林宗弓冶自超群，　早续风流折角巾①。
号作素封生命贵，　千金家比一都君。《史记·货殖列传》今有无秩禄之奉，爵邑之入，而乐与之比者，命曰素封。千金之家，比一都一君。

注释：

①角巾：古人头巾有棱角者，为隐者之标志。高适诗："丘园有角巾。"

偶尔入梦，宛然少年。醒后自失，戏作二绝句

（一）

最是人生奈老何，　梦中还少亦婆娑。
但教夜夜梦如许，　便道少年比老多。

（二）

青春一去几时还，潘岳[1]久伤两鬓斑。

火灭修容不成计，吾尝谓：“灭烛以当年少。”肇卿曰：“皮骨一扪，便知何当年少。”好从梦里乞红颜。

东坡《和陶诗》云：“我梦入小学，自谓总角时。不记有白发，犹诵论语辞。”写梦逼真！吾尝梦小年事，亦浑忘是老。惟遇背书作诗文等事，无不窘者。此亦平生所经过，历久不忘之征也。否则惝恍迷离，不可究诘矣。不知前人往往记梦中作诗，何以工谐乃尔。（自记）

注释：

①潘岳：晋代诗人。曾作《秋兴赋》，见万物之秋衰，伤人生之苦短。

山居即事

（一）

客居常伴玉清仙，一别春山已六年。

不道城中风鹤[1]紧，携家归度杏花天。

（二）

风风雨雨几朝朝，未解严寒二月梢。

春在山阳先一树，　粉红妆作杏花娇。

丁卯二月二十五日稿，他杏尚皆红蒂未破，独居宅对面一树花开，以向阳故也。诗家咏杏花，只以红字了之。不知杏红在蒂，初开则红白相兼，至开残则蒂落，而花全白矣。今所咏尚是初开杏花，故以粉红表之。杏花之佳只初开也。

注释：

①风鹤：前秦苻坚以百万之众伐晋，败于淝水。溃逃途中，闻风声鹤唳，辄胆战心惊，以为晋军也。此时禹城又交兵火，故云。

清　明

斜阳信息付西倾，　惯触春愁是雨声。
留取樊川诗句在，　杏花村里作清明。①

注释：

①“樊川”二句：樊川，杜牧之号。其《清明》一诗中有“借问酒家何处有，牧童遥指杏花村”之句，状清明之美景，足以破万古之春愁。

新晴次日

艳阳时节雨凄凄，　闲立门前数小溪。
昨日晚晴天一变，　红霞直射远山西。

子侄辈七人更携一孙撮影索题，戏应

（一）

弟兄王楷总痴名，　分付七经[①]书满籯。
更引老坡开口笑，　普儿玉骨已峥嵘。

（二）

二龙柳氏五龙张，　合作王家兄弟行。
添箸膝前文若小，　一门戏署德星堂。

《南史》柳惔与兄悦齐名，王俭曰“柳氏二龙”。《齐书》张岱兄寅、镜、永，弟辨，谓之“张氏五龙”。《魏书》王慧龙二十世一身，至琼四子，时人语曰：“英英济济，王氏兄弟！”《唐书》崔郓四世同爨，宣宗曰：“郓，一门孝友，可谓士族法。”因题曰“德星堂”。

注释：

①七经：汉代以《诗》、《书》、《易》、《礼》、

《乐》、《春秋》、《论语》为七经。清代以《诗》、《书》、《易》、《春秋》、《周礼》、《仪礼》、《礼记》为七经。

游　仙

（一）

鸡犬随风也上天[1]，个中原自有因缘。
只应苦守烧丹鼎，　九转成时等是仙。

（二）

嫦娥奔月不胜寒，　月亦盈亏任转圜。
本自人间想天上，　又从天上忆人间。

注释：

①鸡犬随风也上天：王充《论衡·通虚篇》称淮南王得道，举家升天，畜产皆仙，犬吠于天上，鸡鸣于云中。俗语“一人得道，鸡犬升仙”，即本于此，常用以讽刺社会上“上品无寒门，下品无势族”的不合理现象。

思昉出示归懋仪《绣馀草》一册。懋仪为随园女弟子，诗字双美，惜匆匆一阅，未窥要妙。思昉属为题诗，率成绝句四首，所谓唐突西子者也 戊辰暮春十二日挑灯初草

（一）

不附随园萃录中，随园三十六种附有女弟子集无懋仪诗。
忽从天外落孤鸿。
流传咏絮好才调， 太仆家馀林下风。

（二）

男耕女织各平分， 为赋天孙自课勤。草中有七夕诗数首，特借寓家人职业意。
绣出鸳鸯针指巧， 前身合是薛灵芸[①]。自名诗曰："绣馀其意，示有重也。"

（三）

画眉金管写簪花， 书法亦须笼碧纱
同学论交到王倩， 夫人与我是通家。随园女弟子中，吾家梅卿名倩者，甚为知名当世。

（四）

百年手泽挹清芬， 一卷开时生彩云。

愧我浑将诗作画，　毛公[2]未免辱昭君。

注释：

①薛灵芸：唐代女诗人薛涛，随父入蜀。晚年居浣花溪，所制松花小笺，极精致，人称薛涛笺。

②毛公：即汉代画师毛延寿。此处乃诗人谦称，而以昭君喻懋仪也。

己巳春，思昉招游洛阳，出示旧藏小影索题。时思昉宰洛阳，年未壮也，为赋绝句三首以奉

（一）

治行允宜第一名，　无伦才调复纵横。
洛阳此日逢年少，　误认吴公是贾生[1]。

（二）

东风吹送满城香，　正好看花遍洛阳。
只恐女儿无见识，　又夸民爹是潘郎。

（三）

马上归来倚旧装，　不将墨绶绾清狂。

《三都赋》②罢风行处，纸价真教贵洛阳。时思昉印行《化鹏室文录》及《逍遥游释》等书，人争贵之。

注释：

①误认吴公是贾生：吴公，汉上蔡人，文帝时为河南守（洛阳令）政声颇著。贾生，即贾谊，吴公荐之于朝，文帝任为博士，以文章著名。

②《三都赋》：晋代左思之代表作，颂魏、蜀、吴三国都城之壮丽，构思十年乃成。流传于世，世人争相传抄，洛阳为之纸贵。

附录：

纪年对照表暨史事年表
（1869—1936）

纪年对照	国家史事	地方史事
1869（己巳）同治八年		角山先生王琴林出生，与章太炎先生同年。
1870（庚午）同治九年		颍水泛滥。
1871（辛未）同治十年	俄出兵占领我伊犁，悍然宣布“伊犁永归俄国管辖”。	
1872（壬申）同治十一年	沙俄无视中国主权，与盘踞新疆的阿古柏签订《俄阿条约》，承认其独立主权，借以分裂中国领土。	
1873（癸酉）同治十二年	慈禧太后还政于同治帝。	
1874（甲戌）同治十三年	英国承认阿古柏主权，与之签订《英阿条约》。	
1875（乙亥）光绪元年	清廷任命左宗棠为钦差大臣，督办新疆军务，讨伐阿古柏。	禹州大旱。
1876（丙子）光绪二年	左宗棠收复北疆。	禹州大旱。
1877（丁丑）光绪三年	左宗棠收复南疆，全歼阿古柏军队。	禹州大旱，“人相食”。

纪年对照	国家史事	地方史事
1878（戊寅）光绪四年	左宗棠收复除伊犁之外全部新疆领土。	春大饥，是年秋禹获丰收，“民瘼始苏”。
1879（己卯）光绪五年	日本并吞我琉球群岛，设为冲绳县。	
1881（辛巳）光绪七年	中俄签订《伊犁条约》，收复伊犁。	
1883（癸未）光绪九年	中法战争开始。	禹人于城北鸡山寨劫取皇纲。
1884（甲申）光绪十年	中国建成南洋海军、北洋海军和福建海军，称三大水师。	禹州境内西北部大水。
1885（乙酉）光绪十一年	清廷设海军衙门，以醇亲王奕譞为总理大臣，李鸿章为会办。《中法新约》签订。	
1888（戊子）光绪十四年	北洋水师扩建为北洋舰队，拥有军舰22艘，并修建成旅顺和威海卫军港。	
1889（己丑）光绪十五年	光绪帝亲政，慈禧太后退居颐和园，竟挪用海军军费修园。	
1891（辛卯）光绪十七年		王琴林22岁，应开封府试，以第一名中试。此前读书于外祖家，师从葛时芳。是年师从樊海澜，私淑张之洞，文风大变。

纪年对照	国家史事	地方史事
1894（甲午）光绪廿年	中日甲午战争，中方惨败，北洋水师全军覆没。孙中山组织成立“兴中会”。	禹州知州黄景重修钧台。王棽林“弃举业，究世务”，关心时政，“直陈国家治乱得失”。
1895（乙未）光绪廿一年	中日双方签订“马关条约”，中国承认朝鲜独立，割让台湾。康有为在京联合18省应试举人1300余人上书光绪帝，提出变法主张，史称“公车上书”。	
1896（丙申）光绪廿二年	俄法签订密约，一致对日。俄在中国东北获得各种特权和利益。	英国福公司（专以掠夺中国煤铁资源）在河南成立“豫丰公司”。
1897（丁酉）光绪廿三年	俄强租中国旅大。德国强占中国胶州湾。	
1898（戊戌）光绪廿四年	光绪帝颁《明定国是诏》，支持康梁变法维新，历时103天失败。光绪帝被慈禧囚禁于瀛台，慈禧再度垂帘听政。	禹州城南大水。
1899（己亥）光绪廿五年	美国照会各列强国，提出“门户开放政策”。	安阳小屯村发现甲骨文。禹州秋大旱，冬大饥。白莲教谋暴动，知州徐佐尧平定之。
1900（庚子）光绪廿六年	义和团运动爆发。八国联军侵华，攻进北京。慈禧挟光绪帝仓皇出逃西安。	旱灾、蝗灾。地方反洋教斗争。王棽林作《庚子感时诗》痛诉“衮衮诸公之误国”。

纪年对照	国家史事	地方史事
1901（辛丑）光绪廿七年	《辛丑条约》签订，中方赔八国白银四亿五千万两，39年为期还清，本息共十亿两，称“庚子赔款”。	曹广权任禹州知州，王棽林作《辛丑春感时诗》二首，忧国伤时，“泪雨洒太空”，并反对空谈，主张实业救国。河南分摊庚子赔款126万两白银。
1902（壬寅）光绪廿八年	清廷下变法诏。	河南大学建校。曹广权大力兴办实业，建新学颍滨经舍。所建三峰矿务公司是河南最早的采矿业企业。王棽林中举，赴日考察，襄助曹广权在禹推行新政。作《漫歌》、《三峰山居》、《三峰山即景》、《三峰山矿务公司即事》等诗。
1903（癸卯）光绪廿九年	康有为与章炳麟（太炎）论战，章氏发表《驳康有为论革命书》。	天主教入禹，建教堂布道。王棽林赴京会试，落第返乡。作《春间感怀》、《晤张罗明远》二首，《三峰矿务公司时忧亏闭漫歌》等诗。
1904（甲辰）光绪卅年	日俄战争，俄惨败，形成东北“南日北俄”局面。黄兴组建“华兴会”，蔡元培等建“光复会”。	王棽林作《偶作》、《赴汴道尉氏旅店题壁》等诗。

纪年对照	国家史事	地方史事
1905（乙巳）光绪卅一年	清廷废科举，办新式学堂，派遣五大员出国考察新政。兴中会、华兴会与光复会合并为中国同盟会。	曹广权离任，赴日考察。王棽林作《送东寅先生泛海别禹》送之。
1906（丙午）光绪卅二年	五大员考察回国，请求立宪。	
1907（丁未）光绪卅三年	同盟会会员徐锡麟、秋瑾起义失败，壮烈就义。	
1908(戊申)光绪卅四年	清廷宣布立宪。光绪、慈禧在三日内先后去世。	
1909（己酉）宣统元年		王棽林赴吉林提学司幕府，助曹广桢振兴吉林教育。作《家居即事》、《闻日本伊藤博文被韩人安荫接刺死》、《赴吉林提学司幕……早发有作》等诗。
1911(辛亥)宣统三年	黄花冈起义失败，七十二烈士殉国。武昌起义成功。	白朗起义爆发。地方匪祸起。王棽林作《挽杜少台》等诗。
1912(壬子)民国元年	中华民国成立，南京组建临时政府，孙中山任大总统，宣统退位。旋经南北议和，孙中山让位于袁世凯。	袁世凯亲信张镇芳督豫。王棽林、陈嘉桓上书大总统乞师平寇，十个里均设自治团御匪。陈嘉桓作《守御须知》、王棽林作《兵略举隅》以为训练教材。

纪年对照	国家史事	地方史事
1913（癸丑）民国二年	袁世凯派人刺杀宋教仁。孙中山发动“二次革命”失败。	撤府州，改禹州为禹县。朱笠峰、孙希贤先后莅禹任知事(县长)。朱笠峰荐王棽林、陈嘉桓到安徽督军倪嗣冲幕府，被二人婉拒。王作《拟严子陵答侯霸书》自明其志。白朗攻入禹州。秦匪椒红陷神后镇。王棽林上书河南督军论禹之匪势，请购枪支。王棽林作《四十四岁照像……感赋》等诗。
1914（甲寅）民国三年	第一次世界大战爆发，日本乘势进军山东。	禹之钧瓷参展旧金山万国博览会。袁世凯派段祺瑞兼职豫督，镇压白朗起义。王棽林作《祝白母朱太淑人六秩荣庆》等诗。
1915（乙卯）民国四年	日本悍然提出二十一条，欲乘欧州列强东顾之不暇，独享中国之特权。袁世凯居然承认。孙中山护国讨袁。陈独秀创办《青年杂志》，次年改称《新青年》。	颍水泛滥。王棽林作《乙卯元宵……》、《失题》等诗。

纪年对照	国家史事	地方史事
1916（丙辰）民国五年	袁世凯称帝，改元洪宪，历时83天。孙中山二次讨袁。袁世凯亡，黎元洪继任大总统，宣布恢复共和制度。	毅军统领马志敏驻禹，禹境治安状况好转。王棽林作《初夏小雨》、《肇卿、荔轩……偕至山中，有咏志快》等诗。
1917（丁巳）民国六年	黎元洪与段祺瑞“府（总统府）院（政务院）之争”，张勋借调停为名，率部入京，拥戴宣统复辟，历时12天被段祺瑞击败。冯国璋任大总统，段祺瑞再任国务总理。孙中山发动护法战争，不久失败。	王棽林作《悲歌示儿》、《何陋居题壁》等诗。
1918（戊午）民国七年	“一战”结束，中国为战胜国之一。	禹县图书馆成立。王棽林作《戊午正月我年四十九矣……》、《东寅先生南园隐居……》等诗。
1919（己未）民国八年	“一战”战胜国召开巴黎和会。中国代表团要求取消列强在华特权，不被理睬。会议拟将德国原在华特权转交日本，北洋军阀政府竟予承认。举国游行抗议，五四运动爆发。	车云、郭曾亮先后莅禹执政。车云主政时，开始修《禹县志》，王棽林为笔卿。禹县学联组织学生游行，响应五四运动，抵制日货。王作《己未元旦…即步原韵》、《送孙思昉》等诗。

纪年对照	国家史事	地方史事
1920（庚申）民国九年	直皖战争爆发。	宏威军军变扰禹。直系阎相文部驻禹。镇嵩军（实为匪）扰禹，克花石、顺店等。王棽林作《子范二十四岁摄影……》、《刘君某重游泮水……》等诗。
1921（辛酉）民国十年	中国共产党建党。	洛阳陇海铁路工人大罢工。禹大饥。王棽林、陈嘉桓、田春同上书省长张凤台，请赈。省拨赈款万元，粮十五万斤。
1922（壬戌）民国十一年	陈炯明背叛孙中山，炮轰广州总统府。第一次直奉大战。黎元洪再任总统。	河南督军赵倜被冯玉祥击败，部分败兵过禹境大掠后，入山为寇。匪首李万长陷苌庄，烧杀抢掠。三峰矿务公司停办，王棽林招股接办。曹广权回禹探视。王棽林作《南园先生游禹将归》、《县长郭君将别禹……》等诗。
1923（癸亥）民国十二年	陈炯明被击败，退出广州。曹锟贿选而任大总统。	京汉铁路工人大罢工。红枪会起，击败李匪万长，李匪被建国豫军樊钟秀收编。

纪年对照	国家史事	地方史事
1924（甲子）民国十三年	第二次直奉大战结束，段祺瑞执政，不久自行下野退隐。乘孙中山北上，陈炯明再犯广州。国共合作，黄埔军校建立，蒋介石任校长。	陕军曹士英部驻禹。直奉大战，曹随吴佩孚参战，败回，仍驻禹。王棽林作《甲子七月初大雨、至七夕无雨，漫赋》等诗。
1925（乙丑）民国十四年	孙中山在北平去世。广东国民政府消灭陈炯明叛军。上海发生“五卅”惨案。	禹商会联合镇嵩军憨玉昆部驱逐曹士英。曹部离禹之前又大掠。杆匪魏国柱、赵令等为祸。毅军破赵匪。王棽林作《乙丑春初感赋》、《乙丑春暮更来长春观》等诗。
1926（丙寅）民国十五年	国民革命军北伐，蒋介石任北伐军总司令。叶挺为先锋，所向披靡，人称叶为赵子龙，叶部为铁军。冯玉祥五原誓师，响应北伐军。	李镇亚部驻禹。士民共推阎景福率十里之乡团入西山剿匪，不幸殉难，载入《禹县志・忠义传》。
1927（丁卯）民国十六年	国民政府建都南京。国共十年内战开始。中国收回汉口、九江租界。南昌起义。朱毛会师井岗山。张作霖组建安国军政府于北平，继续与南方抗衡。	国民军占领河南，冯玉祥就任省政府主席。韩复榘部入禹，击败李镇亚，李率部入山为寇。禹州各地匪祸惨烈。王棽林作《山居即事》等诗。
1928（戊辰）民国十七年	蒋介石再度北伐。张作霖败回沈阳。途经皇姑屯，被日方预谋炸死。张学良继任东北军政事务，日军不敢妄动，政局得以稳定。张学良宣布东北易帜，服从国民政府，至此南北完成统一。	县公署改称县政府，县知事改称县长，时全耿光在任。匪祸惨烈，更遭旱灾、蝗灾。王棽林作《赠思昉》等诗。

纪年对照	国家史事	地方史事
1929（己巳）民国十八年	蒋桂战争。 蒋冯战争。	禹遭水灾、旱灾、蝗灾、匪势猖獗。蒋介石督师来禹。王棽林作《思昉招游洛阳……》、《哭次子怡庵四首》等诗。角山弟子孙至诚，邀先生作洛阳之游，并为先生诗集作序出版。
1930（庚午）民国十九年	蒋、冯、阎中原大战。蒋介石对中央苏区第一次大围剿。	禹地为战场。冯部驻禹，遭蒋部飞机轰炸。地方匪势嚣张，官军剿匪大胜，将匪逐出禹西。中共鄂豫皖根据地形成。
1931（辛未）民国廿年	中华苏维埃政府成立于江西瑞金。日军悍然发动“九·一八事变”，张学良率部退入山海关，东北三省沦陷。蒋介石对中央苏区第二次大围剿。	
1932（壬申）民国廿一年	日军在上海挑起事端，蒋光鼐、蔡廷锴率十九路军英勇抗战。	蒋介石自任总司令，围剿中共鄂豫皖根据地。绥靖公署督率禹县、密县、登封、新郑各县民团剿匪，胜之。
1933（癸酉）民国廿二年	蒋介石对中央苏区第四次、第五次大围剿。	县立医院成立。土匪势力卷土重来，烧杀抢掠，更为猖獗。

纪年对照	国家史事	地方史事
1934（甲戌）民国廿三年	红军退出江西，开始长征。	黄河决口，黄泛区灾民纷纷入禹避难。禹组织灾民委员会，安排灾民。
1935（乙亥）民国廿四年	长征胜利。北平学生“一二·九”爱国运动爆发，呼吁“停止内战，一致抗日”。	王棽林历时十六载，含辛茹苦，义务主修30卷《禹县志》完成。时王桓武任县长。
1936（丙子）民国廿五年	红军各部完全会师于陕北。张学良、杨虎城发动“西安事变”，第二次国共合作开始。	角山先生与章太炎先生同年终。

跋

王埜林先生所著《畏秋楼诗稿》，全书收录诗稿近五百首，以其所居"畏秋楼"命名。按五言、七言古风及律、绝编排，题材涉及"咏史怀古"、"友情送别"、"田园山水"、"咏物抒怀"、"喜庆悼亡"诸内容，洋溢着现实主义诗风。民国二十五年冬，即先生辞世前后，《畏秋楼诗稿》由其弟凤林、男维城编次，门人罗瑜、孙至诚校印，河南商务印书所出版发行，上世纪前半叶在中原大地颇具影响，但随时事变迁而没于史海。如今，在闻而未见的读者热切盼望中，本书终于重现于世。

角山先生曾多次慷慨上书，议论时政，而终为候补知县而未曾出仕，他作为熟谙地方经济、民间世情，遗世超脱的殊人奇才，伴着灾难深重的旧中国艰难前行的脚步，穿越了上世纪初叶近代中国从黑暗走向光明之前的历史黑洞，见证了中国社会半封建半殖民地化过程。他用心、用笔深刻体察和表现了当时的社会世态和个人情感。

《畏秋楼诗稿》是清末民初中国社会的局部缩影，也是灾难深重的中原人民救亡图存、奋力抗争的史诗。诗人面对国家外被列强瓜分、内为军阀割据，生灵涂炭、民不聊生的现实，将位卑忧国、志在救世的满腔热血和无助之感、无奈之情、无力之恨诉诸笔端。诗中可见诗人生不逢时、回天无力的悲叹；亦可见生活在水深火热之中的民众偶有欢欣时他的兴高采烈；亦见其悲观厌世、无奈之下逃避现实而乐于山居的恬静和闲适；尤见他面对浮躁的世俗和名利诱惑终不动心的节操。从作品中足见其所处时代的光怪陆离和个人的喜怒哀乐、爱恨情仇，以及世间的真善美与假恶丑。

曹广权曾有言："王（槐三）陈（嘉桓）本负奇略，自事变日，亟抱秋事之悲，而存不歇之芳，各树帜颍川。"王棽林先生在创造个人诗歌成就的同时，培养造就了一门笃守诗教的诗人。除孙子思昉外，如其季翔仞（凤林），其嗣子哲夫（熙运），其侄女紫阁（瑞萱）女士。他们的诗均于民国时期结集出版传世。杜希春（少台）曾做客王家，有《为山居题壁》诗云："络纬声中闻织机，漫山残菊任披离。康成家法得亲见，始信奴婢能解诗。"此可见王家诗风。

本人夙闻先生其名，而不知其事，更未见其文。自十年前偶见他的几首作品后，求真求知、好奇之心驱使我搜集整理了《畏秋楼诗稿》全诗。其间愈觉其文学、史学价值颇大，遂于近年顿生重新编印之念，以期推荐给诗歌爱好者和史学界等读者朋友。此编保持了原编的顺序，为便于阅读，只改原竖排为横排版式，使用了简化汉字，保留了原有注释，新加注了释义，编列了《纪年对照表暨史事年表》，增添了插图。

时过百年，沧桑巨变，人殊事非。本人不才，更不懂诗，与其说是编辑，不如说是怀着对历史文化遗产的敬畏之心，对作者和读者的敬畏之心，使之光大，代代相传，荫泽后人。虽倾心尽力，因水平所限，仍愧力不从心，故讹误处难免。然而，在当今国家倡导光大优秀传统文化的盛世里，《畏秋诗楼稿》的问世，仍然不失为近代中原诗坛的一枝绚丽奇葩。它穿越近90年时空隧道，浮出史海，异彩重放。吟咏之，着实令人如甘泉浸润，空灵静心；亦如饮陈年美酒，甘醇绵厚；更似静心品茗，回味无穷。望读者雅俗共赏，撷善而取，不善弃之。

今年，禹州市政协将此文化遗产的整理和重新编印作为一项必须做好的重要工作，并提出了具体要求。承担此任自感压力巨大。政协领导特别是董立民主席、和国强副主席高度重视，精心指导和大力支持，久沉史海的《畏秋楼诗稿》才得以浮出世面。

在此，向所有支持、帮助此书编缉出版的朋友们深致谢意。欢迎读者对不当之处提出宝贵意见。

编 者

2013年5月

图书在版编目（CIP）数据

畏秋楼诗稿/【清】王棽林 著，尹建超 编，向悦 注.
-- 北京：东方出版社，2013.6
ISBN 978-7-5060-5965-7

Ⅰ. ①畏… Ⅱ. ①王… ②尹… ③向… Ⅲ. ①古典诗歌－诗集－中国－民国
Ⅳ. ①I226

中国版本图书馆CIP数据核字（2012）第303438号

畏秋楼诗稿（WEIQIULOU SHIGAO）
作　　者：王棽林
责任编辑：许运娜
装帧设计：艺和天下
出　　版：东方出版社
发　　行：人民东方出版传媒有限公司
地　　址：北京朝阳门内大街166号　100706
印　　刷：北京中科印刷有限公司
版　　次：2013年6月 第1版
印　　次：2013年6月 第1次印刷
开　　本：710mm×1000mm　1/16
印　　张：20.75
彩　　插：14
字　　数：220千字
书　　号：ISBN 978-7-5060-5965-7
定　　价：46.00元
发行电话：（010）65210059　65210060　65210062　65210063